不如任性过生活。

蔡澜

Better live capriciously

作品

北京时代华文书局

金庸序
蔡澜是一个真正潇洒的人

除了我妻子林乐怡，蔡澜兄是我一生中结伴同游、行过最长旅途的人。他和我一起去过日本许多次，每一次都去不同的地方，去不同的旅舍食肆。我们结伴共游欧洲，从整个意大利北部直到巴黎。同游澳大利亚、新加坡、马来西亚、泰国之余，再去北美洲。从温哥华到旧金山，再到拉斯维加斯，然后又去日本，又一起去了杭州。我们共同经历了漫长的旅途，因为我们互相享受做伴的乐趣，一起去享受旅途中所遭遇的喜乐或不快。

蔡澜是一个真正潇洒的人。率真潇洒而能以轻松活泼的心态对待人生，尤其是对人生中的失落或不愉快遭遇处之泰然，若无其事，他不但外表如此，而且是真正的不萦于怀，一笑置之。“置之”不太容易，要加上“一笑”，那是更加不容易了。他不抱怨食物不可口，不抱怨汽车太颠簸，不抱怨女导游太不美貌。他教我怎样喝最低劣辛辣的意大利土酒，怎样在新加坡大排档中吮吸牛骨髓，我会皱起眉头，他始终开怀大笑，所以他肯定比我潇洒得多。

我小时候读《世说新语》，对于其中所记魏晋名流的潇洒言行不由得暗暗佩服，后来才感到他们矫揉造作。几年前用功细读魏晋正史，方知何曾、王衍、王戎、潘岳等这大批风流名士、乌衣子弟，其实猥琐龌龊得很，政治生涯和实际生活之卑鄙下流，与他们的漂亮谈吐适成对照。

我现在年纪大了，世事经历多了，各种各样的人物也见得多了，真的潇洒，还是硬扮漂亮，一见即知。我喜欢和蔡澜交友交往，不仅仅是由于他学识渊博、多才多艺、对我友谊深厚，更由于他一贯的潇洒自若。好像令狐冲、段誉、郭靖、乔峰，四个都是好人，然而我更喜欢和令狐冲大哥、段公子做朋友。

蔡澜见识广博，懂得很多，人情通达而善于为人着想，琴棋书画、酒色财气、吃喝嫖赌、文学电影，什么都懂。他不弹古琴、不下围棋、不作画、不嫖、不赌，但人生中各种玩意儿都懂其门道，于电影、诗词、书法、金石、饮食之道，更可说是第一流的通达。他女友不少，但皆接之以礼，不逾友道。男友更多，三教九流，不拘一格。他说黄色笑话更是绝顶卓越，听来只觉其十分可笑而毫不猥亵，那也是很高明的艺术了。

过去，和他一起相对喝威士忌、抽香烟谈天，是生活中一大乐趣。自从我心脏病发之后，香烟不能抽了，烈酒不能饮了，然而每逢宴席，仍喜欢坐在他旁边：一来习惯了；二来可以互相悄声说些席上旁人不中听的话，共引以为乐；三则可以闻到一些他所吸的香烟余气，稍过烟瘾。

蔡澜交友虽广，不识他的人毕竟还是很多，如果读了我这篇短文心生仰慕，想享受一下听他谈话之乐，又未必有机会坐在他身旁饮酒，那么读几本他写的随笔，所得也相差无几。

蔡澜先生语录

1.人生的意义到底是什么呢？吃得好一点，睡得好一点，多玩玩，不羡慕别人，不听管束，多储蓄人生经验，死而无憾，这就是最大的意义吧，一点也不复杂。

2.人类活到老死，不玩对不起自己。生命对于我们并不公平，我们一生下来就哭，人生忧患识字始，长大后不如意事十常八九，只有玩，才能得到心理平衡。下棋、种花、养金鱼，都不必花太多钱，买一些让自己悦目的日常生活用品，也不会太破费，绝对不是玩物丧志，而是玩物养志。

3.做人不管贫富，只要注意生活的每一个细节，小小的欢乐，已经可以享受不尽。重复一句，生命的长短是不受自己控制，生命质素的好坏，却是我们自己能够提高的!

4.把家里吃剩的马铃薯、洋葱和蒜头，统统都拿来浸水，一天天看它长出芽来，高兴得很。

5.天天可以练字，越写越过瘾，每天不动动笔全身不舒服，写呀写呀，天又黑了。

6.天气渐热，扇子派上用场，不如画扇吧，一方面用来送朋友，大家喜欢，一方面还可以拿出去卖，何乐不为。

7.人老了，像机器一样要修，这是老生常谈，道理我也懂得。问题在有没有好好地用它，仔细照顾，一定娇生惯养，毛病更多。像跑车一般驾驶，又太容易残旧，但两者给我选择，还是选后面的。平稳的人生，一定闷。我受不了闷，是个性……

8.一刹那的光辉，总比一辈子平庸好。

9.斩断不必要的情感，尽量做些自己想做的事。

10.我们一有机会，便尽量去笑吧。我们一遇到喜欢的人，便尽量和他们接近吧。避开负面的人，尊敬可怕的，而远之。走远几步路，去吃一间比较有水准的餐厅，别对不起自己。

11.还是快快乐乐，想做什么就做什么好。不必勉强自己，守着人生七字真言错不了，那就是:“抽烟、喝酒、不运动。”

TOKYU
HANDS

目录 CONTENTS

第三部分

不如任性过生活

第四部分

把生命浪费在美好的事物上

第一部分

看得开，放得下，才是人生

人生的意义到底是什么呢？吃得好一点，睡得好一点，多玩玩，不羡慕别人，不听管束，多储蓄人生经验，死而无憾，这就是最大的意义吧，一点也不复杂。

凡事往好处想，人生便会豁达

减少压力，简称“减压”。

压力的敌对头，是好玩，什么东西都把它变成好玩，压力自然减少。

说得容易，你说：“做起来难。”

这话也对，但是如果不做，永远没有改变。我不知道说过多少次：做，机会是五十对五十；不做，等于零。

比方说看到一个漂亮的女人，你和她谈话，她可能不睬你，50％失败；或者她答应了你一句，成功机会也是50%。眼巴巴地看她走过，一句话也不敢讲，那永远只是走过，你咒骂自己三千回，也没用。好，开始做吧。

从何做起呢？

我们一生之中，经过无数的风波，起起伏伏，但现在还不是好好地活着吗？昨日的压力，已是今天的笑话了。

举例来说，我们担忧暑假家庭作业没有做好，死了，死了，一定给老师骂死。好，骂了几句，没有死。

我们担忧考试不合格，死了，死了，一定给家长骂死。好，骂了几句，也没死。

初恋时，非对方不娶不嫁，但有多少个人成功呢？爱得要死要活，失败之后，现在又还不是好端端地活着吗？现在想起来不是好笑吗？

出来到社会上做事，一时疏忽，做错了，死了，死了，一定会被炒鱿鱼。忽然，柳暗花明又一村，上司根本忘记有这么一回事儿，或者轻轻讲了几句算了，当时的压力，不是多余的吗？

那么多的风浪都经过。目前谈起来，还摇摇头，说一句："当时真傻。"

好了，既然知道当时傻，那为什么不现在学精一点？目前所受压力，也一定会过的。"人，只要生存下去，总会过的。"你也开始明白地向自己说，"过了就变成好笑。"

好，等以后再笑，不如马上笑。

想那么多干什么？忘了它吧。

不过，一般人还没学到家。说忘，哪里那么容易？回头一转，那恐怖的压力又来干扰你。

我们最好能够用幻想的手把一切烦恼事搓成一团，扔进一个保险箱里面去。锁一锁，再把锁匙丢到海里，看着它沉下去。

但是，但是，又回来了。

今早被人家偷荷包，扒掉三千块，拼命想忘，但一下子那不愉快的感觉又回来了。昨夜被人遗弃，拼命想忘，但那痛苦还是缠绕着你。

过，一定会过，你开始那么想，你开始去做，机会是五十对五十。记得吗？

佛学所说："境由心生。"

一切，都是你想出来的。你想好，就好；想坏，就坏。不相信吗，多举一个例。

八号风球台风，一个人在街上走，忽然间从天上掉下一块瓦片，打中前额，流血了。

啊！我为什么那么背？为什么这块瓦片不掉在别人头上，偏偏是打中了我？我真是倒霉！这是一种想法。

八号风球台风，另一个人在街上走，忽然间从天上掉下同一块瓦片，同样打中了前额，同样流血了。

啊！我真幸运！要是这块瓦略为偏差，打中了脑中央，我不是死定了吗？啊！我真幸运！这也是一种想法。

要选哪一个，不必我告诉你，你也应该知道。

这是阿Q精神！你说，自己骗自己。

阿Q精神有什么不好？阿Q精神万岁！往好处想，人生观会变豁达，别给鲁迅骗去。鲁迅满肚子牢骚，别听他的，听了之后就会变得和他一样愤世嫉俗，钻牛角尖去了。

生老病死，为必经过程。

既然知道有这么四件事，还不快点去玩？

玩，不需要有什么条件，看蚂蚁搬家也可以看个老半天。养条便宜金鱼、种盆不值钱的花，都可以玩个够。

虽说生命是脆弱的，但一个长者曾经告诉我，他被日本人关在牢里，整整八天，不给饭吃不给水喝，也没死掉。看周围，活到七八十岁的人渐多，要是你是例外，那也就认命吧。自己是少数的分子之一。要有我们这种人，大多数的别人才会活老一点。不如这么去想。

为赋新词强说愁，那是年轻人的愚蠢，我们哪会有那么多空闲去记愁？记点开心的吧。

为了避免成为不幸的少数，那么珍惜每一刻应得的享受，把人生充分地活足了它。有了万一，也已够本。

压力来自别人管你。有人管，做错了事，便有压力。所以必须力争上游，尽量减少管你的人。我从小被家长管，被老师管，长大后被上司管，那就要拼命地出人头地，把上司一个个消灭，那么压力自然而然会减少。不过做人也真难，等到没有上司，回到家里还是有个老婆来管。管管管，管是女人的天性，既然知道她们一定要管，就不如多弄几个来管。被管惯了，麻木了，就等于没人来管啰。

人生不该在小节上浪费功夫

越来越不懂得客气是怎么一回事儿。

为了礼貌，有时向人说："有空去饮茶。"

这一来不得了了，天天闲着，又没时间，有空时想想："值不值得去？"

最后，还是勉强地应酬，深觉没意思。

所以，"有空去饮茶"这句话，少说了。如果没有心的话，说来干什么？自己找辛苦。

吃完饭大家抢付账，要付就让人家去付好了，已经学会接受这种方式。

最糟糕的是，想请客，先把信用卡交上柜台，但对方坚持要付，把你的卡退回给你。应付这种情形，唯有让他们去结账，再买一份重礼择日送上。

一切顺其自然好了，人生不应该在这种小节上浪费功夫。

走出门，要是我先一步，就走在前面，如果朋友带头，跟着好了，别让来让去。

一个圆桌，主人家叫你坐在什么地方，乖乖地听。

"不，我怎么可以坐主位？"这种废话，说了无益。对方要是不尊敬你，想坐在一角都难。但是没等主人说话，自己就大剌剌地坐在主位，也是禁忌。

到婚宴或生日会，觉得没趣，快走快好。打一声招呼最好。要是引起宾客的纷乱，那静悄悄地溜了算数。大场面并不会因为少了你一个人而停止的，别自视过高。

事先张扬你是不喜欢卡拉OK的，别人便不会拉你去。

尽量别做自己不想做的事，就算得罪对方也值得。如果他们是那么小气，不做朋友也算了。

中国人有很多礼貌上的迂腐之处，但也并非人人如此。诗中有句“我醉欲眠卿且去”，实在可圈可点，是人生最高的境界。

每天都比昨天活得更快乐一点

我不相信有鬼魂这件事。

人死了，如有灵魂的话，也很快飞走。过个数小时，便无影无踪了吧。

科学家把人体过磅，说死了之后会减轻几两。也许真有灵魂存在，但是如果不消失的话，那么空中挤满了，不是一件好玩的事。

写鬼故事，主要是爱读《聊斋》，喜欢上那股凄艳的味道，至于青面獠牙的吓人玩意儿，我倒没有兴趣，留给好莱坞拍恐怖片去。

在写鬼故事的过程中，起初有许多题材，很顺利地入手。写了几篇之后，就感到吃力了，赶紧又重读《聊斋》，看看可不可以抄袭一些情节，但是书上只是生动地描述人物，对于故事的结构，有时拖泥带水，有时有头无尾，现代人读了满足感不够。

我认为鬼故事有一个意外的结尾比较好看，苦苦思之，每每想不出来。

到了晚上，坐在书桌前，一小时一小时过去，一夜一夜过去，只字不出。

这时，我才怕了起来。是不是被鬼迷住，就是这种结果？

所以，我马上停下来，不写了，因为已经不好玩了嘛。

前前后后，写了二十多篇，有四万多字，可以出一本单行本，够了。一般的书要八万字左右，但是我怎么也不能继续写下去了。投机取巧，和主编商量：“四万字行不行？”她说：“用纸用得厚一点，勉强可以，又加上苏美璐的插图，应该没有问题。”

我写这篇东西，算是一个后记吧。

书至此，邮差送来远方的来信，打开一看，是林大洋写的：

……我读了你把我当主角写的鬼故事，好玩得很。你说得对，有时鬼比人还要有趣。

我现在住在斯里兰卡这个小岛上，天天对着蓝天和海鸥，一点也不感到寂寞。

在这里，我认识了《2001：太空漫游》的作者阿瑟·克拉克。他的本行是作家，也是一个科学家，人造卫星的原意，是他创造出来的。现在他在这里定居。

我们做了好朋友，每晚聊人生的意义，他的出发点是以科学来见证。我则是用空虚的灵学、道家、佛教和禅宗的说法去了解。

两人谈得很愉快，互相发现对方的世界和生活方式虽然不同，结论是一样的。

但是，我们怎么谈还是谈不出一个对人生有意义的道理来。

你也曾经问过我同样的问题，我试过解答，不过我知道你是听不懂的。现在，我用更简单直接的方式来解释人生的意义吧。

阿瑟·克拉克和我都赞同，如果没有学识，居住在深山中的印度人，日出而作，日落而息，也是一种很好的人生。我也曾经告诉过你，我住在印度山上时，当地的一个农妇每天给我做菜，吃的尽是鸡和鸠之类的山禽，我吃厌了，向她说：“烧鱼给我吃吧！”

“什么是鱼？”她问。

我画了一尾鱼给她看，说：“这就是鱼，天下美味，你没吃过，实在可惜。”

她回答说：“我没吃过，有什么可惜？”

当时我被她当头的那么一棍，打得醒了。我把这故事也说给阿瑟听。

阿瑟说：“这我也能理解，但是人类由猿猴进化时，学会在残尸中找到了一根骨头来敲击，这是求知欲的开始，有了求知欲，便得不到安宁，永远要追求下去。”

“人生识字忧患始，中国人也有这么一个说法。”我向阿瑟说，他点头理解。

我们生活在这个文明的世界，接触了学识，已经不能停留在一个阶段中。金庸先生说：要多看书，书读多了，人生自然会升华，层次更高。

这句话一点也不错，我一生，一有机会就读书。但是书读多了成书呆，最好的办法就是旅行了。在旅途中，我向种种人学习，不管他们的文化比我们高或低，都有学习的地方。

现在，我老了。阿瑟也说他老了，我每天还在雕刻佛像，阿瑟发表了新书《3001：太空漫游》，我们都不停地创作，创作才有生命。

但是，创作了又如何？为名，为利？创作是为自己呀！我这么向自己说，也说服不了。为自己？又如何？

最后，阿瑟和我都基本上同意了一点，那就是要把生活的质素提高，今天活得比昨天高兴、快乐。明天又要活得比今天高兴、快乐。

就此而已。

这就是人生的意义，活下去的真谛。

只要有这个信念，大家都会由痛苦和贫困中挣扎出来，一点也不难。

我们不会变得更老，只会变得更好

每一个人只能年轻一次，大家都歌颂青春的无价：青春小鸟一去不回来！啦啦啦啦！啊！千万别浪费它！

但是每一个人也只能中年一次，老年一次。人生每一个阶段都珍贵，何必妄自菲薄呢？

遇到老者都像麻风病人一般逃避的年轻人，哈哈，不必去骂他，终有报应，总有一天他们自己会变麻风的。

老实说，我并不喜欢年轻时的我，我觉得我当年不够充实，鉴赏力不足，自大无知，缺点数之不尽。看以前的照片，只对自己高瘦的身材有点怀念，还有剩下的那点愤世嫉俗的忧郁。

不，不，我忘了，尚有一个好处，那就是用不完的精力。一天来个七八次很正常，大战三百回合之后，面不改色，但是乒乒乓乓，一下子就卸甲，相同年纪的对方无所谓，比我大的就会觉得很没瘾了，不过也许她们要的只是次数也说不定。

现在，过程如吃西餐，有冷热头盘、汤、主菜、沙拉和甜品、饭前酒、餐中酒、事后的白兰地等。比较起来，年轻时只是麦当劳的汉堡包一个，可怜得很。

衣着方面，当年的色调只肯采取白、灰和蓝色、黑色，除此之外，一切免谈。不知何时开始，对鲜红有了认识。同时也知道了丝绸贴身的感觉，更爱麻和棉对肌肤的摩擦。穿牛仔裤的人，岂能了解。

年纪大了，如果能穿一整套棕色西装，衬着同颜色跑车，在繁华的大道中下车散步，背后有夕阳，那当然最好。要不然，只要穿得干干净净，整整齐齐，也比衣着随便的年轻人好看。

不过，现实问题，有一些钱是更好的。

年轻女子崇拜上年纪的男人有几点：

因为他们有父亲的形态，和有一些钱。

因为他们是一个有经验的爱人，和有一些钱。

因为他们不会要求你和他有一大群儿女，和有一些钱。

因为他们办事有极大的威信，和有一些钱。

因为他们有生活的情趣，和有一些钱。

因为他们懂得艺术，和有一些钱。

青年男子，即使有钱，亦无上述的条件，所以只能找找小明星当什么公子。

从前年轻的时候，一桌子十二个人，我一坐下来，是我最小，但是现在同样一桌子十二个人，我坐下来，是我最大。从前和现在，不过像是昨天和今日，快得很，也没什么大不了的。不过很奇怪，当我是最年轻的时候，我已经想到有一天我是最老的，我好像早就已有了心理准备，所以一点也不感到惊奇。

老花眼镜，我在三十岁那年已经戴了。当时看书一直感到吃力，到东京公干，朋友介绍我去找一个最出名的眼科医生，他检查了一下，就断定是远视，给我一张账单，是个天文数字。我抗议。那眼医笑笑：“这叫作聪明老视呀！”

结果付钱后舒舒服服地走出来。

这个故事中又悟出一个哲理：要老，也得老得聪明一点；要老，就老得快乐一点，被骗也不要紧的。

快乐的定义每一个人都不同，有些只要半个老婆就满足，但是还要很多钱；有些人三餐公仔面就够，但是要很多钱；有些人只要去去卡拉OK，但是还要很多钱。

刚才说过，有一些钱是更好，不过有钱要懂得怎么去花才是快乐，不然只是银行簿上多一个零和少一个零的问题罢了。

年轻人多数不懂得花钱，因为他们连经济基础也没打稳。上年纪的人也多数不懂得花钱，因为他们怕病了，怕更老，钱不够花。

花钱是中年人、老年人第一个要学的课程，可以先从送东西开始。

送礼物的快乐不单是在得到礼物的人，送东西的时候的快感，不单是用金钱衡量，更要花心思，更要时间算得准，更要送得狠。

最高的境界不在一样样的东西，是送一个毕生忘不了的经验，就算这个经验是一年、一天或几个小时。

年轻人最多只是送送花和巧克力，那是最低的手段，偶尔他们也能送一个身家，爱上一个坏女人，什么都奉献。年纪大一点，当然不会做“火山孝子”。

最佳礼物是承诺。有经验的人骗起人来会令对方很舒服，那么骗骗人有什么不好？

技巧在于很诚恳的态度，年轻人做不到，因为他们会脸红，上了年纪，脸皮较厚是件当然的事，因为他们失败得多了。到后来连自己也骗了，就把在年轻时候的种种不愉快的经验变为美好，成为事实，等于他们的人生经验了。最后，他们还能把这些经验写成文字，骗骗读者，读者高兴，他们自己赚稿费，何乐而不为？

年轻人说：你们老了。

不，不，不，不，我们不会变得更老，我们只会变得更好。

没有意义，就是人生的意义

朋友问我："人生的意义是什么？"

这个问题天下多少宗教家、哲学家都解答不了。我的答案，只能当为笑话。

人生的意义太过广泛，最好分几个阶段来讨论，然而越想越糊涂。

做学生时只想到玩，人生目的集中在怎么毕业，或者如何逃学。

出来社会奋斗，物质享受并不重要，拼命争取更多的权力。

步入中年，生儿育女是最大的意义吧，这时经济已稳定，但想尽办法怎么去保护自己建筑的城堡。

垂垂已老，再回到物质享受并不重要的阶段，求个安详。

"人生的意义到底是什么？"朋友再追问，"你讲个老半天，还讲不出一个道理。"

"人生没有意义。"我回答，"任何目的，达到后还是一场空，没有意义就是空。"

"这种道理似是而非，根本说不出一个所以然！"朋友骂道，"你说的那几个阶段，具体一点回答行吗？"

“行，”我说，“像一个故事一样，起先一个人住一间小屋，结婚后两个人生活，努力买一间大一点的，生了儿女，买一间更大的大家住。后来，儿女一个个离去，大屋子打理起来很麻烦，便换回一间小的，两个人够住就是。等到其中一个死去，剩下来的人换间更小的，渐渐地体力不支，再要求最小最小的环境居住，那就是一副棺材了。”

“去去去。”朋友已大骂，“你这个人最近总讲一些丧气话，有没有愉快一点的？”

我默然。人生的意义到底是什么呢？吃得好一点，睡得好一点，多玩玩，不羡慕别人，不听管束，多储蓄人生经验，死而无憾，这就是最大的意义吧，一点也不复杂。

我只想做一个人

不知道是什么时候，我变成了食家

大概是在刊物上写餐厅评价开始的。我从不白吃白喝，好的就说好，坏的就说坏，读者喜欢听吧。

我介绍的不只是大餐厅，街边小贩的美食也是我推崇的，较为人亲近的缘故。

为什么读者说我的文字引人垂涎？那是因为每一篇文字，都是我在写稿写到天亮，肚子特别饿的时候下笔。秘诀都告诉你了。

被称为“家”不敢当，我更不是老饕，只是一个对吃有兴趣的人，而且我一吃就吃了几十年，不是专家也变成专家。

我们也吃了几十年呀！朋友说。当然，除了爱吃，好奇心要重，肯花工夫一家家去试，记载下来不就行吗？每一个人都可以成为食家的呀。

不知道是什么时候，我变成了茶商

茶一喝也是数十年，我特别爱喝普洱茶，是因为来到香港，人人都喝的关系，普洱茶只在珠江三角洲一带流行，连原产地的云南人也没那么重视。广东人很聪明，知道普洱茶去油腻，所以广东瘦人还是多过胖子。

不过普洱茶是全发酵的茶，一般货色有点霉味，我找到了一条明人古方，调配后生产给友人喝，大家喝上瘾来一直向我要，不堪麻烦地制出商品，就那么糊里糊涂地成为茶商。

不知道是什么时候，我卖起零食来

也许是因为卖茶得到一点利润，对做生意发生了兴趣。想起小时奶妈废物利用，把饭焦炸给我们吃，将它制成商品出售而已。

不知道是什么时候，我开起餐厅来

既然爱吃，这个结果已是理所当然的事。在食肆吃不到猪油，只有自己做。大家都试过挨穷吃猪油捞饭的日子，同道中人不少，大家分享，何乐不为？

不知道是什么时候，我生产酱料

干的都和吃有关，又看到XO酱的鼻祖韩培珠的辣椒酱给别人抢了生意，就兜起她的兴趣，请她出马做出来卖。成绩尚好，加多一样咸鱼酱。咸鱼虽然大家都说吃了会生癌，怕怕，但基本上我们都爱吃，做起来要姜葱煎，非常麻烦，不如制为成品，一打开玻璃罐就能入口，那多方便！生意便产生了。

不知道是什么时候，我有了一间杂货店

各种酱料因为坚持不放防腐剂，如果在超级市场分销，没有冷藏吃坏人怎么办？只好弄一个档口自己卖，请顾客一定要放入冰箱，便能达到卫生原则，所以就开那么小小的一间。租金不是很贵，也有多年好友谢国昌一人看管，还勉强维持。接触到许多中环佳丽来买，说拿回家煮个公仔面当菜，原来美人也有寂寞的晚上。

不知道是什么时候，我推销起药来

在澳洲拍戏的那年，发现了这种补肾药，服了有效，介绍给朋友，大家都要我替他们买，不如就代理起来。澳洲管制药物的法律极严，吃坏人给人告到扑街（粤语方言），这是纯粹草药炼成，对身体无害，卖就卖吧。

不知道是什么时候，我写起文章来

抒抒情，又能赚点稿费帮补家用，多好！稿纸又不要什么本钱的。

不知道是什么时候，我忘记了老本行是拍电影

从十六岁出道就一直做，也有四十年了，我拍过许多商业片，其中只监制有三部三级电影，便给人留下印象，再也没有人记得我监制过成龙的片子，所以也忘记了自己是干电影的。

这些工作，有赚有亏，说我的生活无忧无虑是假的，我至今还是两袖清风，得努力保个养老的本钱。

“你到底是什么身份？电影人？食家？茶商？开餐厅的？开杂货店的？做零食的？卖柴米油盐酱的？你最想别人怎么看你？”朋友问。

“我只想做一个人。”我回答。

从小，父母亲就要我好好地“做人”。做人还不容易吗？不。不容易。

“什么叫会做人？”朋友说，“看人脸色不就是？”

不，做人就是努力别看他人脸色，做人，也没必要给别人脸色看。

生了下来，大家都是平等的。人与人之间要有一份互相的尊敬。所以我不管对方是什么职业，是老是少，我都尊重。

除了尊敬人，也要尊敬我们住的环境，这是一个基本条件。

看惯了人类为了一点小利益而出卖朋友，甚至兄弟父母，也学会了饶恕。人，到底是脆弱的。

年轻时的疾恶如仇时代已成过去。但会做人并不需要圆滑，有话还是要说的。为了争取到这个权利，付出的甚多。现在，要求的也只是尽量能说要说的话，不卑不亢。

到了这个地步，最大的缺点是变成了老顽固，但已经炼成百毒不侵之身，别人的批评，当耳边风矣，认为自己是一个人，中国人、美国人都没有分别。愿你我都一样，做一个人吧。

心若年轻，永远不老

从前在宴会中，一桌十二个人，坐下来，好像我永远是最年轻的一个；现在，坐下来，好像我一直是最年老的一个。

如果你笑我老，我一点也不在乎，因为，有一天，你一定会得到报应。

人类都会老，老并不是一件可怕的事，但是老得顽固和老得懊恼就不值得活下去。我们有肉体年龄和精神年龄，家父说他五十岁之后，生日便开始倒数，所以今年算起来才二十岁。

反而，看到生活刻板、不苟言笑、毫无嗜好的年轻人，他们才是真正老了。

老人应有性生活，即使不常做，嘴里心里也要不断地提起，日本那个一百二十岁的老头，说他喜欢女客来访，尤爱在电视上看到女人的镜头，特别是广告中穿着泳衣的少女。

幽默感也极重要。人家问八十七岁的乔治·宾斯道："请问你，你最后一次性行为，是什么时候？"

乔治听了懒洋洋地回答："今天清晨，两点钟。"

"一生人，只年轻一次，好好珍惜。"大家都那么讲。听到后差点喷饭。

只年轻一次？那么人到中年，也当然只有一次啦！变为老年，难道可再？

所以，既然都只有一次，每天都应该珍惜。

人到中年，为什么要叫“初老”或是“不惑”？什么事到了“中”都应该是最好的，中心、中央、中原、中枢、中坚、中庸等。

不过，我还是不喜欢那个“中年”的名称。为什么不可以改称为“实年”“熟年”和“壮年”？

怎么叫都好，我没有后悔我所经过的每一个阶段，它们都相当充实。

再过一些日子，我便要进入“老年”了。“老”字没有“中”字那么好听，老大、老粗、老辣、老化、老调、老朽、老巢、老表和老鸨的，但是再难听也要经过，无可避免。

幽静的环境下，焚一炉香，沏杯浓茶，写写字、刻刻印，又有名山、佳肴和美女的回忆陪伴……

我的头发已白，但不染。

老了，快乐才刚刚开始

银灰色的头发，原来是那么好看。

花一杯酒的钱，已得到十杯酒的醉意。

如果活在古时候，这个年龄，大部分的人都已死去。

原来从前留下来的米奇老鼠手表，是多么值钱。

吃多咸，也不必担忧。反正没多少年可活。

如果你请病假，别人已不怀疑。

不必有父母亲来唠唠叨叨地烦你。

不必因为梦遗半夜起来换底裤。

再不可能遇到世界上最讨厌的数学老师。

再不会有一个给你压力的上司，当然，除了自己的老伴。

已经到达退休年龄，还怕被炒鱿鱼？

驾车横冲直撞，别人反而要避你。

可以省下很多买洗发水的钱。

会遇到很多年轻的女人：年轻的更年轻，老的看起来不见得太老。

柏拉图说过：当身体上的视觉渐渐失去；心灵上的视觉渐渐灵敏。

就算是乘“泰坦尼克”号，你也会和妇孺一齐坐上救生艇。

到殡仪馆的路，很熟悉。

没那么快脸红。

如果你不会抽烟，你可以开始学学，你有足够的时间去生癌的。

能带比你小二三十岁的女孩子去吃饭，代表你很有钱。

失望并不太痛苦，因为希望已不太快乐。

喜欢收音机，比电视多一点。

山德士上将，在六十多岁的时候才开他的肯德基连锁店。

你的敌人，已死得七七八八。

胡说八道，还有人肯留心去听。

生来好吃，命中注定

从李居明在新艺城工作的日子认识以来，已有很多年。

他那本《饮食改运学》的书提及我，查太太买来赠送。见封面，李居明从一位瘦小的青年变成圆圆胖胖、满脸福相的中年人了。

他说我是“戊”土生于“申”月，天生的好吃命。而已属土的人需要火，所以我任何热气食物都吃，从来没有见过我大喊喉咙痛，这便是八字作怪的。

哈哈哈哈，一点也不错。他说生于秋天“戊土”的人，是无火不欢的，因为喜欢的东西皆为火也。

一、抽烟，愈多愈好。

二、喝酒，愈多愈行运。

三、吃辣，愈辣愈觉有味。

无论你列出烟、酒及辣有什么坏处，对蔡澜来说，便失效。八字要火的人，奇怪地抽烟没有肺癌，身体构造每个人都不同，蔡澜要抽烟才健康。

同样地，酒也是火物，但喝啤酒便乍寒乍热，生出个感冒来。

辣椒也是秋寒体质的人才可享用的食物，与辣是有缘的。

李居明又说我的八字最忌“金”。金乃寒冷，不能吃猪肺，因猪肺是“金”的极品。

这点我可放心，我什么都吃，但从小不喜猪肺。他也说我不宜吃太多鸡，鸡我也没兴趣。至于不能吃猴子，我最反对人家吃野味，当然不会去碰。

我现在大可把别人认为是缺点的事完全怪罪在命上了。我本来就常推搪，说父亲爱烟，母亲喜酒，对我都是遗传。而且不知道祖父好些什么，所以也是遗传吧。

一生好吃命，也与我的名字有关。蔡澜蔡澜，听起来不像菜篮吗？

坦然面对自己的胖

一般男人年轻的时候，都有一个莎士比亚所谓的“Lean and hungry look”（消瘦又饥饿的样子）。

不单样子，神态也表现出他们对未来的渴望和野心。亚历山大征服半个地球，也是这个时候，我还在干些什么？

一日又一日，一年复一年，在不知不觉的渐进之中，年轻人步入中年，又踏进初老，这时他们照照镜子，惊讶自己的肥胖。

古人总有一个解释，他们说：“中年发福，好现象。”

的确，到了中年，还要消瘦又饥饿，太辛苦了。生活条件的好转，令体重增加，本属当然，但是大家不那么想，继续为自己的身形烦恼，永远和青春争一长短，明明知道这是一场打不胜的仗。

拼命运动。穷的去健身院，隔玻璃窗给经过的人笑；有钱的打高尔夫球，给更有钱的看不起。

君不见电影上的迈克尔·凯恩、罗伯特·德尼罗，不都是由消瘦又饥饿变为胖子一个？

不，不，你看辛康纳利，他的头虽秃，还那么精壮。哈哈，那是天之骄子，有多少个？你看他当年的“007”，还不是消瘦得很？

男人是一种很有容忍力的动物，他们能够接受生活的压力、家人的唠叨、社会的不平，但就偏偏不接受自己的体形。

又老又胖的男人，很失礼吗？那是信心问题，不以财富衡量。家庭清贫，但衣着干净，不蓬头垢发，黑西装上没有头皮，指甲修得整齐，是对自己的尊重，别人看见也舒服，与胖和瘦无关。

嫌自己又老又胖的男人，和一天到晚想去整容的女人一样可笑。闲时散散步，看看花，足够矣。

所有相遇，都是有缘

在人生中，总会与某些人结识，但是为什么这亿万人中不邂逅而去遇到他们呢？这便是“缘”。

往往认识的人有几个会影响到自己的一生，他们并不限于活生生的，也许是历史上的人物，或者是图片上的形象。这几个人当中，现在冥冥在我脑中的一位是佛，我相信我与佛已经结缘。

对于佛学，我一窍不通，只知道自己很想去了解多一点。对于佛像，我开始有浓厚的爱好。我爱佛像的宁静，我爱佛像的庄严。

一次，在庙里受到一位高僧的赠予，得一极古典静谧的铜像，很想一生保留供养，哪知闻悉友人得了淋巴癌，我深信要是她得到这尊佛像，病必痊愈，便奉送上去。果然，她开刀平安无事，我也心安，知道这尊佛像与我无缘，还是放在她家好。

到各地旅行时经过多处与佛像有关的地方，古刹中的博物馆里的只能陶醉地观赏，在古董店也有精致感叹者，但价钱高不可攀，认为无此必要去买。庙宇旁边店铺内的，又嫌俗不可耐。

很厌恶一些富裕的人把佛像摆在客厅一角当装饰品。他们以为佛像在手，已经是与佛有缘，但这种心态是否正常？

不如自己雕塑一尊吧。买了很多有关佛像雕刻的书籍、木头和工具，但为稻粱谋，没有闲情去动手，还是无缘。越来越喜欢到庙里去看佛像。有时对着那些巨大形象，所受感染很深，可是又觉得到底是佛给我的呢，还是造佛的人给我的感觉？

为什么会对佛渐渐有仰慕之意？是不是年纪的增长、社会的变迁、对自己失去信心、在工作上受的挫折，还是觉得没有了爱？这都不是答案。

也许是丰子恺先生吧。由他的作品中我认识了他的高尚和优美的思想，令我的心灵升华。再追溯到影响他的人——老师李叔同。另从李老师的友人和学生叙述他如何出家成为弘一法师，深一层去阅读法师的作品和演讲稿。唉，我还是那么的肤浅。什么时候才能让我有广阔一点的精神领域？什么时候才能让我的精神生活更为丰饶？

把握发出香味的那一刻

又是木兰花开的季节了。

喜欢木兰花，都是因为它那阵香味，尤其在晚上和清晨，香味闻了令人精神一振，有时令人昏昏陶醉，它的味道，没有其他花儿能够代替。

小时候，家里窗外种了一棵木兰，植于钵中，可怜楚楚地开三四朵花，后来见它开十几朵，惊讶它的成长。

往外头跑，才知道木兰可长成小树，与自己的身高一样，花开得更茂盛。

为求理想，渐渐地，忘记木兰花长得多高。

略为安定，又看见木兰，它只有一支毛笔盖子那么大，花瓣有时六片，有时八块，像一把合起来的雨伞，发出清香的呼吸。

年纪渐长，一年一度，又闻木兰香味，它在哪里？抬头一看，变成一棵苍劲的树木，往下俯视，所结花朵，成千累万，可惜花儿寿命极短，落满地上，化为泥。

见四五十岁的老太婆，年轻儿女偷偷地说：“把这木兰花插在髻上，这么一大把年纪，还那么地爱美！”

现在，年轻儿女已是四五十岁，拒绝叫自己老人家，取笑别人的人被别人取笑了，是报应。花开花落又花开花落，瞬息间的事，唉，何必那么认真？何必那么伤感？最主要的，还是把握住发出香味的一刻。

名与利，可以努力，别让它控制你

“你好好地写作就是，何必去抛头露脸？”友人常劝我，“一出镜，你那肥胖臃肿的样子，令大家失望。”

我听了总是笑笑不语。

能确定的是：名与利，对我来讲，只是奴隶，我是它们的主人。有时，它们会慢慢地膨胀，那便要打打它们的屁股。

名气带来不便之处很多，比方说不能常去九龙塘爱情酒店走私等。

至于利，许冠文曾向我说过：“最先，要求一个金劳力士。后来，要求一辆宾士，但是能吃多少？能喝多少？能用多少？银行里的存款，多一个零和少一个零，分别不大。”

说的也是，但很难做到。可以努力，别让它来控制你。

出名好处是，人家知道你是什么人，可以放心和你交谈。

与别人的沟通，对于我是很重要的。凡是不懂的，我有打破砂锅问到底的习惯。陌生人对我的戒心不大，有利于我。

向小贩们问这种菜，这种肉，是怎么煮法？他们天天卖，当然最熟悉了。我的食物和烹调的学识，多数是从他们身上学来的。

有时在熟食中心坐下来，和旁边的家庭主妇交谈几句，也是称心乐事，这些人都是出自真情，绝对不虚假。在工作上遇到的，大部分希望在你身上得到什么好处，和他们相处一久，对人类越来越绝望。

救药只有同一群脚踏实地、辛勤干活的人谈天，像一口新鲜空气，永远带来舒服的感觉。偶尔，从他们的身世也能编出动人的文章来。

我很需要和朴实的人沟通，令我自己的思想得到平衡，要不然，在这个复杂的环境中生存，会疯掉的。

要整容，不如先整心

看到新加坡的一则消息，有个叫沈罗连的医生拼命替女人拍照片，从十八岁到四十岁，已经拍了一万个人。

沈医生是为了他的职业而这么做的，他是位整容专家，但是要求女人让他拍照时还是有困难的，他说：“她们带怀疑的眼光看着我，把我当成色狼。”

好在，有个女学习医师帮他的忙，先代他搭路才顺利地完成任务。他认为把新加坡女子的面貌综合起来，找出一个理想的样子，好过模仿西方女人。

“我们的女子双眼之间隔得太开，”沈医生说，“鼻子太大又太扁，额头太凸。但是这些缺点调和起来，还是有东方味道，如果根据洋妞去改，反而是四不像。”

一般上，新加坡人认为电视明星郑惠玉的样子相当的理想，但是能有多少个郑惠玉呢？稀少才觉得珍贵呀，大家都像郑惠玉，那么新加坡人就会欣赏那些额头小、双眼间宽、鼻子大的女人了。我认为自然还是可爱的。

沈医生有不同的见解，他说：“其他的整容医生对双眼太宽的解救方法是把鼻子弄高，将鼻孔改窄，但这么做便不像一个东方女子。我的方法是将鼻端弄得更尖。”

哈，尖了还不是那个鬼样？

整容的女人，是没有自信心的女人。整过之后，一生便永远戴个假东西在脸上。何必呢！而且整失败的话永不翻身。如果成功，那更糟，会上瘾的，这里整整，那里整整，又跑出个黄夏蕙来。

美，的确占便宜。但是短暂得很，不会做人的话，一下子便生厌。有些女人一看平凡，但是愈聊愈觉得她们有味道，这完全是脑筋问题。

把钱花在增广学识上，或多旅行令心胸广阔，这是基本。要整容，不如先整心。

度过不平凡的青春，做回普通人

另外一位年轻友人也上路，抵达纽约。

他在唐人街的一间餐厅洗碗碟，做小厮，但是他的勤劳，得到了赞赏和生活下去的条件。

在纽约，他吸收了一切在小地方工作想象不到的东西。大都会博物院、自然文物馆、摩登美术厅，这三个地方，已经值回他欠下的一切。

说走就走，他也不知道是那么的容易。

年轻人没有做不到的事。埋怨，总不是办法，一心一意的理想，总是能够达到。但是，如果步入中年，就再也没有那么多的希望和勇气了。

你说这世界上没有超人吗？错错。年轻人就是超人，奇怪得很，他们在车祸中骨头断了又接回来；他们吃了什么毒药第二天照样清醒；他们有了爱情的挫折，但眼泪一下子就干了。

你我拼命地储蓄防老，剩下的钱在银行账簿上只是一个数字。年轻人也在存钱，可是他们的钱，是他们的回忆，因为，他们根本不知道钱的用处。

别笑他们，当年龄消逝，而你只是一个很普通的人，你会恨自己的。

做普通人没有什么不好，要遵守的，是已经度过不平凡的青春，才有资格做普通人。

相信好运，好运才会眷顾你

《大白鲨》的制片家大卫·布朗说：

“你可以制造自己的运气。

“幸福是你自己相信自己的运气。

“要在社会上站得住脚，你一定要相信自己有运气才行。拿到自己幸运的工具是你的乐观。

“名演员露芙·哥顿事业很成功，人又长寿，这是因为她守着自己的一条规则：绝对别放弃梦想！而且，在任何情形下，最好‘不要’面对现实！

“我自己一直保持着一份天真，也许你可以说是无知或是愚蠢，但是我一直感觉自己很有运气。在五十岁以后我才赚了钱，中年时我曾经失业过两次，我做过高级职员，但最后也逼得我去领失业救济金，我也写过无数的求职信，但是，我能够挣扎成功，是因为我听了露芙·哥顿的话。我一直没有长大，我一直没有面对现实。不是每一个人相信自己好运运气就来。生癌、飞机失事、心脏停止跳动的事也许会发生，可是管他的，如果你相信自己是好运的，那么你的幸福机会会比别人高。幸运是位女神，如果她感到你对她有兴趣，就会来找你。好运，其实是一种很脚踏实地的人生观。做人，要随时随地相信自己有好运，现在开始相信，也不会太迟。”

不如开心过生活

坐上的士，阵阵香味传来。

“怎么你的姜花没枝没叶，是一整扎的？”我看到冷气口挂的花。

“哦，”司机大佬说，“我住在荃湾，那边的花档把卖不出去的姜花折了下来，反正要扔掉，不如用锡纸包好，才两三块钱一束。卖的人高兴，买的人也高兴。”

又看到车头有些小摆设：“车是你自己的，所以照顾得那么好？”

“刚刚供的。”司机说，“从前租车的时候，我也照样摆花摆公仔。”

“要供多久？”

“十六年。”他并不觉得很长。

“生意差了，有没有影响？”言下之意，是做得够不够付分期。“努力一点，”他说，“怎么样也足够，总之不会饿死。”

“你很乐观。”我说，“近年来一坐上的士，都是怨声载道。”

“不是乐不乐观，”他说，“总得活下去，怨也活下去，不怨也活下去，不如不怨的好。怨多了，人快老。”

“你不是的士司机，是哲学家。”我笑了，看到车头有个小观音像，又问，

“你信观音，所以看得那么开？”

“一个乘客丢在车上，我捡到了就用胶水把它粘在这，我不是信教，我只是觉得好看，没有原因。”

“你们这一行的，大家都说客人少了很多。”我说。

“很奇怪，”他说，“我不觉得，大概想通了，运气跟着好，像我载你之前，刚接了一单，客人一下车，即刻有生意做。”运气好也不会好到这么厉害吧？到家。我付了钱，邻居走出大门，截住，上了他的车。

听多了，你会变成一个多姿多彩的人

到一个小岛去旅行，见土产，便去购买，店里的老头态度极差，我一气，走到别家。和我一起的朋友却和他叽叽咕咕地谈了半天。他走出店来，带我到一家很别致、价廉物美的餐店去吃了一顿丰富的饭。

“你也是第一次来的，怎么知道这家饭店？”我问。

他说是店里的老头介绍的。

“那家伙？太没有礼貌了。”我说。朋友同意。不过，他解释道，只要你对他友善，耐心地听他讲话，那你会得到很大的收获，像这顿午餐，就是证明。

从此后，我学会了听。

听人家讲话，是一门很深奥的艺术。

多数人喜欢很主观地发表自己的意见，一点都不注意别人讲什么，那么他们会缺少许多有趣的见闻。所有的人都有他们多年积蓄下来的经验，只要我们肯去听，一定能够发觉很多乐趣。

要学会听，自己先要有诚恳的态度：少讲、多问，别人自然会打开话匣子。当然，也要付出一些代价，十个故事中总有几个沉闷或是你听过的，但是得到其余未闻的人生经验，已得益不浅。

比方说去市场买菜，问问卖鱼的，或是你身边的家庭主妇，便常得到一些意想不到的菜谱。去看盆景展览时，留心听一听，会学到许多植物的知识。

遇到舞女大班，她会告诉你现在的夜生活女郎已不是被逼入火坑的了。

老人家对昨天的事会忘得一干二净，但三四十年前的风流，却记得清清楚楚，和他们聊天，他们的生活就是两三个好剧本，不过要忍耐他们的重播。如果做不到这一点，一切便是白费的。

听多了，知道了好处之后，你就会变成一个多姿多彩的人。

常发觉有另外的人围绕着你，喜欢听你的故事，但不要犯老人家的错误，先问对方：这个故事我讲过给你听了吗？

朋友之中，多数是要把人的意见变成和自己的一样，这便是无谓的辩论。

听人家讲，讲给人家听——这便是思想的交流。

对自己好，才有爱心对别人好

一好友的父亲患癌症，切片下来，证实有毒，现在等着开刀。能怎么安慰他呢？

自己又不是医生，就算是，也束手无策，这是世纪绝症，至今还没有解决办法的呀。

要帮的，应是活人。人，要对自己好一点，才有足够的爱心去对待别人。

生老病死为必经道路，坏在人类的诗歌小说中，将这四样东西看得太重，永远是歌颂，从不教人怎么去接受。

墨西哥小孩吃白糖做的骷髅头，他们和死亡经常接触，对它的恐惧消失。葬礼上，大家放了烟花，唱唱歌，悲哀的气氛减少。

天主教也好，认为走了就上天堂，本人安详而去，送终的也为主欢慰。

话虽这么说，轮到自己，亲爱的人死亡，还是痛心欲绝的。

三年前，家父去时，天下多少宗教或哲学，都不见效。家父年届九十，我们做儿女的并非没有心理准备，而是不肯去接受事实，不知怎么应付。

曾经读过诗篇，曰："让我走吧，留我于心，你我都不好过。"是的，我们怎么不能由逝者的角度看这一回事儿？的确，我们太多的爱，过剩的情，对于死者，是种负担。人去了，还要连累活着的干什么呢？简直是增加他们的麻烦，死者去得不安。

还活着时，尽量陪伴着老人家吧，让他们活得一天比一天更美好。要是他们还是忧郁，也不必勉强，总之只要常在他们身边，已足够。

对于病患者，我们常说愿意以自己来代替他们，这是不可能的，但是可以用他们的逝世来训练自己——有一天自己临走，怎么去安慰身边的亲人。我们会发现，原来，死亡是我们的老师，还能从中学习。

只相信保持一份真

蔡澜。中年。

在海外半工半读，就职于某大机构，度过十数年。忽闻春尽强登山的时候，转于一财团支持下的独立公司当棋子。拼命冲锋，奈何下棋者因问题而说："不玩了。"

现在每天过着自由和不安的日子并不因此而懒滞，多观察人生、读书、旅行、钻研篆刻、玩苹果二号以培养经济观念。亦勤于写方块文字，可惜跳不出框框。所写杂文，唯有关于饮食者略为人读，印象中，作者只书食经。甚感寂寞之余，幸有隔壁邻舍精神支持，微有寄托。

数十年来，可说是一肚子不合时宜。所受中国传统思想影响极深。做人的基本，有些原则：不负人、守时、重诺言。

但是，父母老师和文化之教导，变成处世的最大缺点。

当然，先下手为强、人情纸半张、让人等而提高身份，以没有原则为原则的玩意儿，并非蠢得学不到，应是容易得即刻上手。而且，还能变本加厉。

愿不愿意，因人而异。大家思想一样，岂非无趣？价值观念随时间变化，谁是谁非，作不了定论。

只相信保持一份真。真是新，新就是年轻。年轻人创作，较老的人为他们守着。不为真守，而守自己的变了质的真，便不年轻。选择任何一种工作来做，都是好的。

为了要保持这个原则，也要做某些牺牲。宁愿放弃传宗接代的观念。公私分明，有时作“不在吃饭的地方大便”的伟论，不少美女微笑经过。正在后悔，又看到她们生儿育女，祝福之外，不作妄想。

自觉守旧，但与青年人相聚时，发现有了代沟：我要在工作时拼命，我要在休息时狂舞。他们却要将二者混一，并引证种种哲学。我只感到他们老成，我较年轻。穿着牛仔裤，满脸胡须的怪物，也在先进的领土上证明能在商业社会生存。只要有一份真。

享受讲真话的乐趣

我们骗人，有时候也不一定出自什么鬼主意，我们只是在学习怎么“做人”罢了。

遇到朋友的小儿子，实在是个长得极不讨人喜欢的家伙。我们能够照实说吗？当然是以摸摸他们的面颊，说声“这个小孩子真聪明”作为收场。

像夫妻之间，讲了真话反而要吵架，不如互相哄哄算数。

久而久之，我们的谎言愈来愈多，做人所谓圆滑。到最后，我们自己也分辨不出自己讲的话是真是假。

年纪大了，有个好处，就是可以尽量地少说假话，少骗人。

我们会发觉讲真话，是多么的舒服，多么的过瘾。在我自己的例子，竟然可以用讲真话闯出一个名堂。

日本有个很受欢迎的电视节目叫《料理的铁人》，由电视里派出三个大师傅和来自名餐厅的挑战者比赛，用同一种材料，在一小时内看谁烧的菜最好吃，花样最多。

这节目的制作人叫我去当评判，我吃了之后，好吃就说好吃，难吃就说难吃，不像别的评判那么为了要做人而含糊不清。

结果，变成我的评语最受欢迎。

渐渐地，我已经在享受讲真话的乐趣。

如果我应酬时吃饭吃到一半，觉得无聊，我就会起身告辞，做个“酒仙”。哈哈，粤语中的“走先”。

我也很明白老了之后要有一点积蓄的道理，但是储的钱应该按照今后可以活多少年去花，死了留来干什么？

真话也要花，我花我从前学会“做人”的经验。人得罪了也算不了什么，继续讲真话。

吃好喝好，就是功德圆满

今天的外电中又说，心理学家证明，快乐和个性有关，开朗、自重、乐观的人，自然快乐。有钱人，出名的人，如果个性不乐观，照样是不快乐的。

再一次地证明我们的一切都出自遗传基因。美国人胖子多，是因为胖子的身上缺少了认识肚子饱的基因，什么东西都吃得下去，所以变成胖子。

你看，连胖子都是命中注定，我们还去担忧些什么？

如果你赞同我这句话，那么请放心，你是属于乐天一派，今后一生，笑着度过。

假如你骂我胡说八道，那么你有一个暴躁的因子，请小心，会惹祸。

要是你幽幽地怨说为什么自己的想法不同，那么你在遗传上是个多愁善感的人，注定是一个悲剧人物。

要改变自己的个性，非趁年轻不可，一老就固执，不管你是哪种人，都有一个共同点，那就是越老越不听人家的劝告。

最怕遇到的是林黛玉型的女子，就算是多美，也应该避开。这种女人好的也怨，坏的也怨，永不休止。怨到最后，只有自杀或病死。别以为我在胡说，亲眼见到的就有好几个，绝不虚假。

一些命中注定失败的人，也很容易看出。他们永远认为自己的想法是最好的，只是别人不会欣赏。而且，他们会教你做这个、做那个。主意一箩箩，但没有一个行得通。

天生少了一条筋的女子真难得，她们永远笑嘻嘻，是个白痴。只对痛苦是白痴，其他事还是很聪明，遇上这种女人，三生有幸。

既然注定，我们不必花精神去改造自己。

天如禅师说过：“人生能有几时？电光眨眼便过！趁未老未病，抖身心，拨世事；得一日光景，念一日佛名；得一时工夫，修一时净业；由他命终，我之盘缠预办，前程稳当了也。若不如此；后悔难追。”

把念一佛名，改为喝一壶酒，把修一时净业，改为吃一餐好饭，便功德圆满。

愿做小丑，娱人娱己

人生已走一大半，不如意事八九。到现在，可以避免尽量避免，深感不值得有更多的烦恼。

大概自幼就有不喜欢愁眉苦脸的性格，小朋友们为了梁山伯与祝英台痛哭的时候，我在一旁看徐文长故事，叽叽地笑。

为赋新词强说愁的阶段也曾经过，爱上缠绵悱恻的诗句和小说。

但是，那个时候，痛苦等于是一个享受，悲戚是喜剧的化身。

以娱乐当事业，结论是没有走错。不会挑选哭哭啼啼的东西为题材，因为一部电影你们可能只看一两次，但是制作过程中我自己最少过眼二三十遍。悲剧，先会把我闷死。

一种米养百样人，我不反对别人搞肮脏的政治、当成仁的战士、做宗教的使者。

总需要一名小丑吧？让我来染红鼻子。

跟跄伤怀、柔肠百转、五内俱焚、心如刀割、怔忡不已、郁郁寡欢等字眼，最好在我脑中消逝。套句现时流行语：去吃自己吧！

与小人争权夺利，为名誉，出卖自己？

不不不。

在无常人生，与寂寞缠绵

多年来，第一次感到寂寞。

少年时的寂寞，是无知地造来虐待自己尝它滋味，像辛弃疾所说的愁，渐渐大了，每日为三餐奔波，也就忘了这种感觉。

现在最寂寞时莫过于半夜起身写稿，大厦森林里听不到蝉鸣，亦无鸡啼陪伴，只对着窗外的路灯，等待曙光。

偶尔的动静是感到凉意，打几个喷嚏，还是一片苍茫。

不断地努力，拼命搜索，还是只字不出，难道头脑已经枯干？

忽然，思想飞驰，回忆起这一生，究竟苦多乐少。近来发生的事，起伏很大，感叹人生的变化多端。

人生的确是如想象中那么无常吗？

未必吧？

生老病死，为预料之事。当你是年轻人时不懂，以为花明柳暗又一村，充满了希望。一遇悲哀，即感叹一番，有了快乐，手舞足蹈。经过了那么多年的起伏现在还惊奇，岂非疯癫？

亲戚朋友的儿女就比他们的父母高大，依稀见到他们婴儿时，翘着一撮的头发。

曾几何时，美俊少年，已在守财；美丽少女，喋喋不休地长舌。

前往探望的病房，初不识路，渐渐地，像是家中走廊。

殡仪馆和坟场为必经之地。老朋友的相聚，也限于此。

无常吗？前人的教导，亲身的经验，重复又重复，何来的惊喜与悲伤？

为什么把死亡使者称为“黑白无常”？天天前来抓人，一切已惯，对这双兄弟来说，绝对不是无常。

想到这里，又笑了。

但是寂寞，缠绵不断。

忙里偷闲，苦中作乐

曾经为“茗香茶庄”写过一副对联，曰：“为名忙为利忙忙里偷闲吃杯茶去，劳心苦劳力苦苦中作乐拿壶酒来。”

自己的散文集成册，也用过《忙里偷闲》与《苦中作乐》为书名。

忙和苦到底那么可怕吗？是的，如果你是一个朝九晚五的工作者，那么退休的安逸生活，是你渴求的；要是你付出的只是劳力，就简单了，老来过清淡的生活，舒服得很，养鸟种花，日子过得快。

人一不忙，就开始胡思乱想，以自我为中心起来。这很糟糕，不了解别人为生活奔波，以为做出的要求，非为你即刻办妥不可。

子女为什么不来看我？邮差为何不送信上门？每天派的报纸，怎么迟了十分钟？看病时，医生为什么不即刻为自己检验？

人不能停下来，如果你是一只大书虫，那就无所谓了，看书的人有自己的宇宙，旁的事，太渺小了。

有时可真羡慕外国人的豁达，一代是一代，长大了离开，父母不管我，我也不必照顾他们，各自独立。有了家族观念，反而在感情上纠缠不清。说是容易，但我们摆脱不了生长在中国家庭的宿命，我们还是有亲情的，我们的父母兄弟姐妹孙子孙女，都要互相拥抱在一起，我们一老，就不能原谅别人不理我们。

忙与苦，都能解决一切烦闷，一点也不恐怖。对老来的生活，是一剂清凉的良药。

工作可以退休，自修总可做到老。喜欢的事，加以研究，够你忙的。从种种问题中寻求答案，别的事就不必去烦它。能得到的亲情，当成横财，就此而已。

闲与乐，虽说要偷，要作。但那杯茶，那壶酒，终于是喝进自己的肚子。忙就忙吧，苦就苦吧！

享受之。

自己也要快乐地活下去

“我们有子女的人，生活没有你那么潇洒。”友人常向我这么说。

这是中国人的大毛病。以为一定要照顾下一代一辈子。儿女，在中国人的眼中永远长不大，永远需要照顾。

家庭观念浓厚，很好呀，但是亲情归亲情，自己也要快乐地活下去呀。

不会的。中国人一生做牛做马，为的都是儿女。省吃俭用，为他们留下愈多钱愈好，他们不会为自己而活。不但教养下一代，还要孝顺父母。

这是中国人的美德，也没什么不好，但是有时所谓的孝顺，变成约束，把老人家也当儿女来管。

我这么一指出，又有许多人要骂我了。你这个礼教的叛徒，数千年的文化，要你来破坏？你不是中国人，更不是人。

哈哈哈哈。中国人，都躲在井底。为什么不去旅行？去旅行时为什么不观察一下别人的人生？

我的欧洲友人，结婚生子，教育成人后就不太理他们，就像他们的父母在他们成年后不理他们一样。

社会风气如此，做儿女的不太依赖父母，养成独立的个性，自己赚钱养活自己。

这时候，做父母的才过从前的生活，自由自在，不受束缚，也就是所谓潇洒了。在一般中国人的眼中，这是大逆不道，完全没有家庭观念。但他们自得其乐，不需要中国人的批评。

谁是谁非，都不要紧。重要的是互相尊重对方的生活方式，他们绝对没有错，他们不是不孝，他们也并非自私，他们只知道做人需要自己的空间和自由。

我们做不到，但是可以参考参考，反省一下，一辈子为子女存钱，是不是自己贪婪的借口？

看开一点就没事

“别吃那么多肥腻的东西！”

“喝酒会伤身的！”

“抽烟危害健康！”

“减少吃咸的！”

忽然之间，你身边的人，男男女女老老少少，都变成医生。

再也不能愉愉快快吃一顿饱，举筷之前，总有“医生”嘱咐。

再也不能痛痛快快喝一回够，倒酒之前，总有“医生”叮咛。

再也不能舒舒服服抽一支烟，点火之前，总有“医生”劝告。

当然，都出自好意，我知道，谢谢各位的关心。但是既然扮起医生的角色，就要有一点医学常识，不能道听途说。

吃肥腻的东西？两个鸡蛋的胆固醇已高过半碗猪油，自己拼命吃蛋而劝人家别吃回锅肉，自己就要注意了。

喝酒会伤身？西医却叫病人临睡之前来杯白兰地，其实也不必他们来教，法国人早已告诉了你。

抽烟危害健康？因人而定。我老爸一直抽到九十岁做仙人去，我想他还在继续吞云吐雾吧。

人体之中有一个自然的刹车掣，不舒服了，自然停止。我近来酒少喝了，就是这个原因，已经不是一个小孩子，懂得自制。

要扮医生的话，请扮心理医生，用音乐来治疗，用绘画来诊断。

耳根清净，更是治疗病痛的最高境界。劝喻病人，最好带点禅气。

活得不快乐，长寿有什么意思？还是看开一点就没有事，我常扮专家告诉我身边的友人，不知不觉，也成了“医生”。

人生苦短，别对不起自己

乘的士，司机是位年轻人，态度友善，下车时，他交给我一张小传单，向我说："请你花几分钟看看。"

里面写着：你一生的年日。

翻阅，显然是传教宣传品，背后有"彩虹喜乐福音堂"几个字。

内容为：曾经有人研究人类一生如何花去光阴，发现一生如果有七十岁，他的时间就会如此分配：

睡眠：占二十三年，一生的32%。

工作：占十六年，一生的20%。

电视：占八年，一生的11%。

饮食：占六年，一生的8%。

交通：占六年，一生的8%。

学业：占四年半，一生的6%。

生病：占四年，一生的5%。

衣着：占两年，一生的2%。

信仰：占半年，一生的0.7%。

所以，这张宣传单说我们应该花多一点时间在求神拜佛上。

我并不反对人生有点信仰，只要不沉迷就是。有许多东西是不能解释的，也解释不了。所以逻辑并没有用，只能靠宗教去回答。

只觉得上述几项分得太细，我对人生是这样看的：若活七十岁，睡眠二十三年，还要减去年少无知的七年，已去了三十年。剩下的四十年，人生苦多。三十年是不愉快的，只有十年真正快乐。我们一有机会，便尽量去笑吧。我们一遇到喜欢的人，便尽量和他们接近吧。避开负面的人，尊敬可怕的八婆，而远之。走远几步路，去吃一间比较有水准的餐厅，别对不起自己。

— 第二部分 —

想得通，悟得透，活得潇洒

—

做人不管贫富，只要注意生活的每一个细节，
小小的欢乐，已经可以享受不尽。重复一句，
生命的长短是不受自己控制，但是生命质素的好坏，
却是我们自己能够提高的！

总有一些东西，教我们活得一天比一天好

我整天说应该提高生活素质，活得一天比一天更好。大家即刻反应："钱呢？""并不需要大量的金钱。"我说，"有时反而能赚钱。"

众人表示出"我不信"的眼光。

举一个例子。义兄黄汉民曾经教过音乐，上一次我去新加坡时和我聊起男高音，说目前的那三个，还不如吉利（Gigli）和卡鲁索（Caruso）。

我也赞同，小时受熏陶，也是那两位大师的作品，当年收藏的78转黑胶唱片已经不知道哪去，好久没听他们的歌，偶尔在收音机中接触罢了，想买几张送汉民兄，何处觅？

跑去尖沙咀的HMV找，好家伙，五层楼都是CD和VCD，男高音层属于经典乐部分，在顶楼，和爵士在一起。

一口气跑上去，唱片多得不得了，但客人只有我一个，一位年轻人坐在柜后，自得其乐地听交响乐。

看了一阵子，找不到我要的那几张，只好跑去问："到底吉里和卡鲁索的歌还有没有人出唱片呢？"

"当然有。"年轻人带我到一个角落，纯熟地找了出来，"这一排都是。"

嘻，可多得不知要选哪几张，只好先挑些他们的代表作，较为冷门的歌剧

留下次，慢慢听吧。

“你从小喜欢古典音乐？”我问。

年轻人笑摇头：“起先不懂，做了这份工慢慢学的。”

“现在呢？”

“少一点钱我也愿意干。”他回答。

“最大的愿望是什么？”

他又笑了：“储够钱，去外国听演奏会。”

种花、养鸟、逛书局、去乐器店等等，都是让我们活得一天比一天更好的学校。

抽烟，喝酒，不运动

运动，本来是件好事。不必花钱，在公园做做体操或街头散步，随心所欲。

但是基本的东西往往遭受商业社会破坏，运动已经贵族化了。

你看你身上穿的名牌运动衫，一件多少钱？还有那双像唐老鸭女友穿的大鞋子，什么空气垫，一双上千，连绑在额上的头箍都要几百。加起来，是一副身家。

本来免费的运动，一进室内就要收钱。参加健美会，先付一笔钱，分十次用，去了一两次，觉得辛苦，结果不了了之。

室内健身室开在某某大厦的二楼，一大排玻璃橱窗，说是让参加者看出外面，其实是要人来看。她们多数是身胖如猪、脸也同型的女人，还自以为是香港小姐，看了呕吐都来不及。

目前已没有真正的明星，詹姆斯·迪恩和玛丽莲·梦露的时代已过，代之的是歌星和运动健将。只要在体坛上一出名，钱财即刻滚滚而来。他们的经理人要钱要得愈来愈多，结果运动明星都成了怪物。

足球场篮球场的建筑，比小学大学还重要，美国的许多都市运动场，用不到二十五年即拆掉，花大笔钱去建新的，排污系统却是愈用愈旧。

当今的体育已经成为另一类的邪教，信徒盲目崇拜。孩子们不用读书了，家长鼓励他们搞运动。

我从小讨厌运动，常因体育课不及格而要留级，要换学校。

我一向认为身体健康很重要，但是思想健康更不能缺少，沉迷体育，就像沉迷在毒品之中。

还是快快乐乐，想做什么就做什么好。不必勉强自己，守着人生七字真言错不了，那就是：“抽烟、喝酒、不运动。”

我是一个不懂什么是压力的人

为什么不再写剧本呢？我问一个认识的人。

对方摇头叹气："上一个很成功，下一个就难写了，压力太大，压力太大。"

压力？做什么事情没有压力？除非是根本不负责，不顾别人生死，才没有压力。

为了压力，而把要做的事放弃了，那也是一种消极的解决办法。但是，明明知道非做不可，却一直因为压力而拖延，那么，压力，已经是借口。

人生的过程虽说短暂，要走完这条道路也颇为漫长，回顾一下，从前觉得要生要死的事，也不是都已成为过去？有时，你还会对当年的无知发出会心微笑。

我是一个不懂得什么叫作"压力"的人，大概是我的脑子缺少了一条筋。我的人生哲学是：做，成功的机会是一半；不做，是零。

做人可以立品、立言、济世，那当然最好。年轻的我，也曾想过。现在垂垂老矣，不再作悲愤状，但不杞人忧天，学史努比在跳春天的舞，叫道："一百年后，又有何分别？"

"压力"只是心态，肉体的无能才是致命伤，等到一天不举，再让你老婆给你压力吧。

默默耕耘，自然名利双收

一直嚷嚷名利淡泊的人，大多数是最爱名利的人。像我，就是其中之一。嘻嘻。

有什么不好呢？得不到才骂不好，有了后就全身舒服。试想乘私人飞机到瑞士高峰滑雪，吩咐船长把游艇驾到地中海晒太阳，每天享受天下名厨手艺，每晚由各国美女陪伴，再蠢的人，也不会说不好。

问题出在人类本身犯贱，拥有名利的人并不一定都开心。因为他们要更多的名利，就算得到了，他们又去羡慕那些归隐田园的。

烦恼永远跟随着。

怎么得到名利？你问。

容易。带把玩具手枪走入金铺，大喊“打劫”，明天你的名字和照片就出现在报纸上。

语不惊人死不休也是一个出名的好办法，不一定要犯罪。一声叫人去跳海，香港报纸上绝对会记载。

名利事，只要一步步默默地耕耘，自然会产生。那算得了什么名利？你说。就要看你对名利的标准如何。得到亲戚朋友的爱戴，是“名”的开始；住得安定，各得开心，是“利”的养成。

享受生活，才是最好的成就

活到现在，你我都回顾一下，做人有什么成就？

首先，要清楚“成就”只是一个观念。你我对于成就的看法和价值是绝对不同的。

一般人认为名与利便是成就，但是有名与利的人不幸福的例子太多了，认识一些有游艇的朋友，他们多嫉妒旁边的人的船比他们大了一尺；也见过些国际闻名的艺术家，痛苦自己不能再一次突破。

多数追求名利的人，到了晚年却后悔没有时间去好好享受过，而且，在过程中他们只有名利一个目的，生活趣味越来越少，变成老头时，他们自己闷得要死，也会把旁边的人闷得要死。

我并不是虚伪到认为有钱不好。比有钱更不好的是：有钱不会花。而且，许多有钱人缺少品位去花钱。他们只会穿穿名牌，驾辆奔驰；他们不懂得栽花养鸟的乐趣，他们不知道莱卡相机是好相机。

遇到一个亿万富翁。我说：“我要是像你那么有钱，我就会买架私人飞机，载自己到各国去玩。”

他回答：“那才是真正有钱。”

我觉得由椅子上跌下来，他的钱要买十架飞机也是小事。他的所谓成就，我想，是安安乐乐地在自己家里寿终正寝罢了。

别把生命浪费在无聊的人身上

“才一年前买的两千多万的楼，现在可以卖三千多万，一年之内，赚一千万。”朋友说。

“恭喜你了。”我说。

此人叹气：“是同事买的。”

废话！

跟着，他埋怨这叹息那，说了一大堆走了眼的机会。

我还是那句老话：“广东人说得对，有早知，无乞儿。”说完我转头走开。

另一种“想当年”的人，我也很怕。“当年我有多么厉害”这样的对白，听得令人作呕，而且他们喜欢重播又重播，让人多吐几次。

有时一桌人晚饭，谈政治，一谈谈个不停，要是都是好朋友，我便坦率地要求他们转个话题好不好？遇到不是太熟的，我便静悄悄地跑回家。

有些长气的八婆，自以为好心肠，看见我患了感冒，便说：“还不去看医生？”

“喝点姜茶就好了。”我回答，自己的身体自己知道，已拥有数十年了。

“有种膏药搽在心头很有用！”她们又说。

“喝点姜茶就好了。”我又说。

“介绍你一个喷气筒，很有效。”再劝我。

“喝点姜茶就好了。”同一个答案，用三次、四次、五次，用到她们觉得烦为止，自能将八婆治退。

学郑板桥说：“年老神倦，已不陪诸君作无益语也。”

愈来愈觉得人生苦短，不能浪费生命在这种无聊人身上。

不过，自己的毛病不觉察，也许周围的人也不能容我。是时，我可能成为一个固执、孤独的老者，但亦不后悔。有山有水为家，有花有鸟做伴，已足矣。

享下等福，心平气和地活下去

冯老师虽然逝世，老人家写给我的一幅字，却一直陪伴着我。

跟随老师的那几年，令我对很多事情的价值观有所改变，也让我明白了淳朴、恬淡是什么东西，享用不尽。

对人生附属的许多烦恼，老师教导我们如何去摒弃。我们在老师处学到的不单是书法和篆刻，还有如何心平气和地活下去。

老师写给我的对子，我将之以深蓝色的缎为衬底裱起来。老师说过："这颜色没有什么人敢用，但是裱起来很稳重，很大方，很悦目。"

对子以篆书：

发上等愿结中等缘享下等福　　择高处坐就平处立向宽处行

上款题了："蔡澜老隶台喜书画，耽篆划，随余间字，刀笔朴茂，尤近封泥，前途拭目以待，勉之勉之。"这几句话鼓励着我。

朋友问："下等福有什么好享的？"

我微笑不语。

我们无法控制生命长短，却能提高生命质量

朋友的父亲，已经六十三岁，他事业成功，为人随和，最喜欢和青年人在一起，大家都觉得和他语言共通，没有隔膜。

老人常说：“啊！我和我的儿女有代沟——我比他们年轻。”

虽说老人，但他面貌看起来只有五十岁左右，没有秃头现象，衣着时髦，手头阔绰，自己有能力负担自己。

对于家庭，他绝对是一个好先生、好父亲、好丈人。他很了解下一辈的烦恼，因为他是过来人。

酒量真好，从来没有看过任何人把他喝倒。为什么？我问。

“我懂得喝酒，每一口都有味道。酒和人一样，要被欣赏才发挥最大的吸引力。遇见有才能的男人，我尽可能栽培。蠢男人我也见得多，这不是他们的错，大家少来往就是。反正有时要喝两口难入喉的土炮，菜才好吃。你说是不是？

“女人嘛，她们总是那么美好！啊！我最喜欢女人。你有没有试过用另一种动物的眼光来看女人？没有？你真傻。

“当她们理所当然，你的一生便很吃亏？这种看法，实在是人生的悲剧！

“这么大的世界，那么多的人，为什么偏偏会遇到这个？她们对一种事物

的看法，对东西的价值观，和我们绝对是两样。

“单单这一点，已经欣赏不完，何必再去谈到肉体的构造？

“肉体，肉体，她们是那么的美……再讲下去，我会给你一千零一个故事。但是这并不是我们今晚要谈的问题。”

一个人的生命的长短，是不受自己控制的，你看看比我们早一点去的人，这是多么可惜！我们共同认识的亿万富翁，每天吃同样的鲍鱼和排翅，就是把一切变得枯燥。做人不管贫富，只要注意生活的每一个细节，小小的欢乐，已经可以享受不尽。重复一句，生命的长短是不受自己控制，但是生命质素的好坏，却是我们自己能够提高的！

停下来发一阵呆吧

到上海，人住花园酒店，路过的一条街上有家品茶店，外面写着“喝茶、聊天、下棋、发呆”几个字。好一个发呆！

发呆，广东人说成“发牛豆”。这个人入了神，就用“牛牛豆豆”来形容。牛豆比咪摩（磨蹭）还要厉害。咪摩是东动一下西摸一下，牛豆则是眼睛半开，望着前面，连焦点也没有。

一个人在沉思时，别人看来以为他在发呆。发呆是在想东西到进入睡眠或者清醒之间的一个过程。

小孩子的发呆最为可爱，叫醒他们之后总可以看到这个样子，恨不得吻他们一下。

老人的发呆最为可怜，曾经到过温哥华的旧唐人街，在一个五层楼的建筑物窗口中，老人向外望去，一动也不动，像人生终结之前的定格。如果还有思想，应该是胡不归吧？

我自己的发呆，通常是写稿写到一半，不能继续，思想由主题飞到十万八千里之外，毫无关联，如果不被自己唤回，也许是进入别人的梦中。

简直是浪费生命！分秒必争的香港人骂道。

是的，生活在这个地方，是不允许发呆的。发呆变成了奢侈品，是一种高级享受，劳碌的人绝对没资格做的事！

发呆之后，淌下一滴眼泪，最悲哀不过了；发呆之后，笑了一笑，非常幸福。

后者怎么形成？全靠美好的过往。

所以说，人生储蓄除了金钱之外，还要收藏光辉的记忆。老了，再多钱也没用，发起呆来，永远是为生活挣扎。

想想我们生命中的情绪，回忆初恋，记一记我们的好朋友；现在是不是也在发呆？在不发呆的时候最好去银行，千万别将生活弄得单调，而最好的办法是当人家数绵羊入眠时，我们能够算着吃过的每一道佳肴。

停下来发一阵呆吧。

替爱人洗碗碟，是种幸福

我最讨厌洗碗碟，要是有个人替我做这个工作，谢天谢地，我宁愿在客厅喝白兰地。

一向认为这是女人应该做的事。辛苦了一天，回家还要干这些劳什子？但是，如果双方都上班，我也赞成分工合作，你烧菜，我洗碗，或者是倒过来。其实，互相有爱意，煮饭洗碗，同是一件事，多做一点有什么关系，何必分得那么清楚？就算你真的抢着来洗，对方也不让你。

烧东西吃，我是喜欢的，我能一进厨房就做出印度、马来西亚、新加坡、印尼、越南、缅甸的种种咖喱；鸡、牛、蔬菜、蛋，顺手得来的材料，烧一桌菜，每一样都是咖喱，但是各品味道完全不同。煮完后，厨房一塌糊涂，我就少理了，又在客厅喝白兰地。

男人炒菜，一定比较好吃，简单的几个蛋，也能煎得比女人香。试看，世界上的大师傅，有几个是你们？

你又在笑骂了，这个乱七八糟的厨房怎么办，大师傅？

“我来洗，我来洗。”嘴里是这么说，但太饱了，身体不想动。这个时候，你会说：“算了，还不了解你？去喝你的酒吧。”

虽然不喜欢洗碗，但是绝不能说我不会洗碗。先挤洗洁精，打开水喉，浸一会儿，再把碗碟用粗尼龙布仔细擦一次，最后慢慢地冲水，用手指揉了又揉，等到“刮刮”有声时，才拿出来吹干，光光亮亮。

当然，这是我一个人的时候做的事，有你在，我才不干。

去一个与伴侣分开了的朋友家里，烧菜给他吃，又差点把他的厨房弄爆炸，杯盘堆积如山，他一个人慢慢地洗。

“喂，干什么，快点出来喝酒。”我大声呼唤。

对方咬着烟斗，态度安详，一个杯子洗了又洗，什么时候才把所有的东西弄干净？

“你不要管我，也不要剥夺我的乐趣。”他静静地回答。能够替爱人洗碗碟，好过孤独和寂寞，是种幸福。

梁实秋和三毛的不亦快哉

前辈作家梁实秋说看了金圣叹的《三十三不亦快哉》之后，自己也有十一不亦快哉。

一、晨曦牵狗散步，让它在人家的门口便溺，狗一身轻，自己家清洁。

二、烈日下边走边吃甘蔗，随嚼随吐，兼可制造清垃圾者的就业机会。

三、早起，穿着条纹睡衣，抱红泥炉置街外，烧至天地氤氲，一片模糊，表示有米下锅。

四、天近黎明，打整夜麻将回来，任司机大按喇叭，吵醒邻居。

五、放学回来，见邻居的门铃就按，令人仓皇应门。

六、见隔壁有葡萄架，半夜越墙而入饱餐一番。

七、见十字路，不许人行，只准走天桥时，忽然直闯，搅乱交通，扬长而去。

八、将办公室中用品顺手牵羊，写私信、发请柬、写谢帖。

九、逛书肆、看书展，趁人潮拥挤时，偷几本回家。

十、把电话翻转，打开底部，略作手脚，使铃声变得声哑，这么一来，电话随时可以打出，但不一定要去听。

十一、生儿育女、婚嫁时在报纸大刊广告，红色套印，敬告亲友，令天下人闻知，光耀门楣。

梁实秋可能借此讽刺别人，但看到他写到“穿着条纹睡衣”的形象，实在有点恐怖。还是三毛单纯，她的不亦快哉包括：打太极拳打不成，自己安慰已经打完一套了。在严肃的会议中折纸船。逛街一日，什么都不买，回家见旧衣，倍觉件件得来不易。拉断的鞋带，拿来绑辫子。上课时，学生反应不佳，老师自己逃课。借邻居狗散步，不必自己饲养，等等，可爱到极点。

睡觉这事，顺其自然就好

日夜颠倒，是我最爱做的事。

写稿至天明，那种感觉是多么的自由奔放。友人相劝，要照顾身体呀，但他们为什么不要我照顾我的思想呢？

从小，就不喜被人管。父母亲的爱，是很沉重的束缚。别做这个，别做那个，一切都是为你好。

为我好，就得让我去自由发挥。

白昼和夜晚，只是一个自然现象。为什么一定要晚上睡觉，白天工作呢？

在报馆做事的人，怎么可能夜间休息？睡眠的时间，不能给我们一点选择吗？

自己也曾经跟着别人，患过思想太保守的行为。有一个清晨在东京筑地鱼市场，到一家小寿司店，遇到一个收工后饮酒的鱼贩，问他说："为什么你一大早喝酒？"

老头子笑着反问："为什么你到了晚上喝酒？"

我们的晚上是他的白天。这一个简单的道理，我当时就是想不通。

怀念住过西班牙的那段日子。西班牙人十点多才吃晚饭，吃到半夜出街玩，玩到三四点才肯回家，休息一阵子，早上十点返工，中午午休时间特长，小睡，下午三四点再开工，八九点回家洗个澡，又出来吃饭玩乐。

一切时间观念都是人为的，人为的东西最讨厌了。有一天，大家都不必朝九晚五，那多好。世界会混乱吗？我想未必，人类自然会调节出一个工作方式迁就人。电脑的发展，就是一个开端。

古人日出而作，日落而息，是因为没有电灯。现在的大都会的街灯照亮了黑暗，还有日夜之分吗？

日夜颠倒，身体疲倦了就休息。有一个不容辩论的好处，那就是绝对不会失眠。

吃，是消除寂寞的最好办法

吉本芭娜娜写过一本叫《厨房》的小说，香港版由博益出版，改名为《我爱厨房》，此书也译成多国文字，在美国亦受瞩目，意大利人更把吉本形容为《源氏物语》以来的第二位日本女作家。

内容讲年轻人的孤独，对死亡的恐惧与迷惑，但主要是个爱情故事。

女主角最喜欢的地方是厨房，她一走进自己家，或别人的住宅，第一件事就找厨房。厨房对她来说，是一个避难所，一个很有安全感的地方。

我虽然和吉本相差数十岁，但是与她有同感，我也是极爱厨房的一个人，和她常常打开冰箱，打开柜子，找东西吃的习惯，一模一样。

烧菜给别人吃，给自己吃，都是消除寂寞的最好的办法。

没有比吃东西打发时间更好的了，而且饱腹的感觉，永远是一个很好的感觉。

在机场等出发时，跑进餐厅，喝一杯咖啡或茶，最多只能挨上半小时，但吃一餐简单的饭，至少可以消磨一个多钟。

等人的时候，我肚子虽饱，也喜欢叫东西吃。明明知道那个地方没有什么好菜，点碟叉烧炒鸡蛋，慢慢地一口一口细嚼，喝口啤酒。吃呀，吃呀，好像吃出这鸡蛋是内地货，或是美国进口，绝对不是新界蛋吧。

人家说失恋的时候，最好拼命找东西吃，便没那么痛苦。我很少失恋，但遇烦恼事总有的，拼命吃东西，亲身经验，确实能忘记不愉快的感觉。

做一顿好菜，从一大早逛菜市场开始，看见那些新鲜蔬菜，像在向你招手，惹人欢笑，又见小贩们辛勤地做买卖，被那种刻苦耐劳的精神深深地感动。这时，你会发现，自己的问题，不大。

宁可折腾，也不要沉闷的人生

咳个不停，找吴维昌医生看，他说顺便照一照心脏吧。

我的血压一向没有问题，但循例检查也好，订了养和医院。

登记后，走进一室，医生替我插一根管进手背，以备注进些放射性的液体，方便查看X光片。不是很痛，忍受得了。

接着就是躺在床上，一个巨大的机器不断地在我四周转动拍摄。上一次检查是四年前，一个大铁筒，整个人送进去，声音大作，轰轰隆隆拍个不停。当今这一副没有声音，医生还开了电视，播放美景和禅味音乐。

愈看愈想睡，给医生叫醒："睡了就会动。"

真奇怪，睡觉怎么动呢？也只有乖乖听话，拼命睁开眼睛。

好歹二十分钟过了，心电图照完，再到跑步房。

护士认得我，说四年前也做过这种检查，和八袋弟子一起做的，我还能跑，他就跑不动了。所谓跑，只是慢步而已，最初慢后来加快。身上贴满了电线，心速显示在仪器里。

"你平时做不做运动的？"医生问。

我气喘回答："守着人生七字真言。"

“什么真言？”

“抽烟喝酒不运动。”我说。

医生和护士笑了出来，他们都很亲切，没有恐怖感，聊天像吃饭时的开开玩笑。跑完步，又再照一次，两回比较，才能看出心脏有没有毛病，报告会送到吴医生处。

人老了，像机器一样要修，这是老生常谈，道理我也懂得。问题在有没有好好地用它，仔细照顾，一定娇生惯养，毛病更多。像跑车一般驾驶，又太容易残旧，但两者给我选择，还是选后面的。平稳的人生，一定闷。我受不了闷，是个性，个性是天生的，阻止也没有用，愈早投降愈好。到最后，还是命。

说做就做，不要拖延

“即刻做”的道理，要懂得。

任何事，一想到了，都应该马上处理，要不然，一转头，就忘记了。今天忘记，下个月记不起，明天再做吧！那么一拖，就是几十年。相信我，我是过来人，一生因为不即刻做的，太多了！连后悔也迟一点再说，才能抵消闷气。

在家中，眯眯摸摸，一天很快浪费掉。当今学会看到什么做什么，反正迟早要做的事，先办后办都一样。

脸上的胡须，为了懒，等一下才剃，出门时匆匆忙忙忘记了，总不雅观。走过镜子一照，就停下来刮，但是其他事又耽搁下来，也只好做一样算一样！

旅行的时间多，回到酒店，一看表，离下一个约会还有一点余暇，就利用来收拾行李，不然临行的那个晚上闹通宵不好玩。你会发现，一面看电视新闻一面收拾，也很轻松过瘾。

什么准备都做好了，钱拿了没有？手机呢？香烟抽完了吗？眼镜不戴看不到东西呀！从前总是忘记一两样，当今早已放入和尚袋内，一点问题也没有。

即刻做可延伸至马上学。计算机不会用？学呀！手机的中文怎么输入？训练到纯熟为止。字写得不好看？从现在开始练书法，绝对不迟，我的字四十岁以后才脱胎换骨，从前的当今看来，像鬼画符。

这些理论也只有自己知道，告诉别人也没用。被当为老生常谈，甚无趣。

年轻人总觉得人生有大把时间花，绝对听不进去。我读书时父母也劝告过我。哈哈，那么简单，理所当然的事，我怎么不懂？

当年我什么都拖，能拖一天是一天。其他年轻人想法也和我一样吧？即刻做的事，只有传宗接代罢了。

休而退，退而休的生活

“如果你退休的话，会干些什么？”年轻朋友好奇地问，“日子难不难过？”

哈哈，要做的事像天上的星星那么多，只要选一两样，已研究不完。

在倪匡兄的例子，养鱼和种花为百态，安静时阅读，多么逍遥！他说：“每天轮流替那十几缸鱼换水，累都累死，哪还有时间说闷？人家配出一屋新种高兴得要命，我这儿的新种，至少十几条。”

如果我退休，第一件事是开始雕刻佛像，然后练书法和画画，够我忙的了。

一直不敢去碰，怕上瘾没时间研究的是京剧和相声，可以开始了。音响方面，重温以前听过的古典，直落到爵士和怨曲，一面做其他事，一面听。

把每一天要穿的衣服洗好烫直，一件件挂起来，一日准备两三套，预防忽冷忽热。一向少戴的帽子，不肯用的雨伞，也可以一一收藏，越买花样越多。

底衣内裤买最柔软舒服的，这是非常重要的，绝对不能忽视，已不必穿名牌跟流行了。

各种钢笔和毛笔的收集也有很浓厚的兴趣，时间不够的话，请古镇煌兄割爱，把他不要的那一批买下来玩玩。

现在用的照完抛弃的相机，越简便越好，但退休后可玩回从前发烧时节的莱卡、哈苏等，也许学回自冲、自洗、自印、自放大。

重新学习下围棋、国际象棋，希望一日与金庸先生下他一局。

家具更是重要，从明朝案椅到意大利沙发，椅子的研究是至上的，最好像穿梭机上的座椅，按了钮，可调节任何一个角度，喊了一声，灯光从不同方向射来。棺材舒不舒服，倒是次要的了。

没想过退休后做些什么，从年轻开始，我已经一直休而退，退而休。

不要太以自我为中心

亦舒看了我一本书，叫《狂又何妨》，说我这个人一点也不疏狂，竟然取了那么一个书名。

哈哈哈哈。我也不认为自己是疏狂，出了七八十本书，所有书名都与内容无关，只是用喜欢的字眼罢了。

中国诗词有一模式，也不自由奔放。到了宋朝，更引经据典，晦涩得要命。诗词应该愈简单愈好……

整首背不出来，记得一句，也是好事，丰子恺先生就爱用绝句中的七个字来作画，像“竹几一灯人做梦”“几人相忆在江楼”“嘹亮一声出月高”等，只要一句，已诗意盎然。

承继丰先生的传统，我的书多用四个字为书名，像《醉乡漫步》《雾里看花》《半日闲园》等，发展下去，我可以用三个字、两个字或一个字。

有些书名，是以学篆刻时的闲章为题，《草草不工》《不过尔尔》《附庸风雅》等，也有自勉的意思。

《花开花落》这本书的书名有点忧郁，那是看到家父去世时，他的儿孙满堂有感而发。

大哥晚年爱看我的书。时常问我什么时候有新的，我拿了这本要送给他时，他已躺在病榻上，踌躇多时，还是决定不交到他手上。

暂居在这世上短短数十年，凡事不应太过执着，眼见愈来愈混乱的社会，要是没有些做人的基本原则，更不知如何活下去。

家父教导的守时、重友情、做事有责任，由成长直到老去，都是我一心一意牢牢抓住的，但也不是都做得到，实行起来很辛苦，最重要的，还是要放弃以自我为中心。

艺术家可以疏狂，但疏狂总损伤到他人，这是我尽量不想做的事。

心中是那么羡慕！“疏狂”二字，多美！

当你微笑时，世界和你一起微笑

记得“非典”那段时间里，大家的脸都拉得紧绷绷，目光呆滞，当今已雨过天晴。

香港人还是缺乏礼貌和笑容，邻居也不打一声招呼，去到外国的一些地方就知分别，他们不管你是什么国籍，朝早安，夕晚安。你好吗挂在嘴边，如果你不是这么哈啰来哈啰去，就融不进他们的社会。

在国外也常在电梯中遇到陌生人，总是和你Small Talk（闲聊）一两句。老一辈的，在走廊碰头，也来一鞠躬。

这就是旅行的好处，旅行教导我们：友善是应该的，而且要主动才行。

我的礼仪和人生观都是从旅行学回来的，拉丁民族的热情、南洋人的不在乎、西欧的优雅、中国东北的好客、南美洲人对死亡的乐天看法等。

我并不介意主动向别人打招呼，对方不瞅不睬，只显得他们没有教养。我更主动替游客指路，因为我旅行时也得过他们的帮助。微笑，更是我得到的一件犀利武器。

香港人都那么暴戾吗？有时我站在街上，看到有人走过就向他们笑一笑。对方迟疑了一刹那，也都笑了，笑得很灿烂。认得我也好，不认得的当我是个傻子，但已消失了敌意和警戒。

主动的出击带来不少的好处，和陌生人谈天之余，对人生的观察愈来愈多，对写作不无好处。

原则上，需要一些条件。那就是年轻不奇装异服，老了要干净。尊严和态度诚恳很重要。肮肮脏脏，猥猥琐琐的话，只能闹出是非。

耳边出现了一首老歌的歌词: When you're smiling, the whole world smile, with you（当你微笑时, 世界和你一起微笑）。

刹那光辉，好过一辈子平庸

艺人走了，大家惋惜："那么年轻，活多几年才对呀！"

活多几年？活来干什么？等人老珠黄？待观众一个个抛弃？

只有娱乐圈中的人，才明白蜡烛要烧，点两头更明亮的道理。一刹那的光辉，总比一辈子平庸好。

人生浮沉，艺人是不能接受的，他们永远要站在高峰，要跌，只可跌死。

当事业低迷的时候，艺人恐慌，拼命挣扎。这时，好友离去，观众背叛，他们陷入精神错乱。这也是经常见到的事，因为他们不是一般的人，他们是艺人。

就算一帆风顺，艺人也要求所谓的突破，换一个新面孔出现。但大家爱的是旧时的你，喜欢新人的话，不如捧一个更年轻的。

更上一层楼，对艺人来说，极为危险，也只有剑走偏锋，才有蜕变。突破需要很强的文化背景，可惜一般艺人读书不多，听身边的狐朋狗友的话，一个个像苍蝇跌下。

曾经有人对艺人做一个结论：天才，一定要有，但是运气，还是成功最重要的。

艺人以为神一直保佑着他们。失败是一种考验？他们的宗教之中，是不允许有人对他们有任何的怀疑。

明明知道是错的，可是没有人能阻止他们。艺人像瀑布，不停冲下，无休无止，一直唱着《我行我素》之歌。

艺人并不需要同情，他们祈求的是你的爱戴。劝他们保护健康，是多余的。

像一个战士，最光荣的莫过于死于沙场。站在舞台上，听大家的喝彩，那区区的绝症，算得了什么?

燎原巨火。燃烧吧。只要能点亮你的心，艺人说:“我已活过。”

苦闷的日子，最好做些花功夫的事

在一些苦闷的日子，最好做些花功夫的事，到菜市场去买几个青柠檬，把底部削去一截，让它可以站稳，再切头，用银茶匙挖空，肉弃之。

然后在厨房找一个不再用的小锅，把白色的大蜡烛切半，取出芯来，蜡烛扔进锅中加火熔化，一手拉住芯放在青柠檬里，一手抓住锅柄把蜡倒进去。

冷却，大功告成。点起来发出一阵阵天然柠檬味，绝对不是油熏香精可比。

同一个道理，买几个红色的小南瓜，口切得大一点，去掉四分之一左右，瓜子挖出，瓜肉拿去和小排骨一起熬汤，熬个个把小时，南瓜完全融掉，本身很甜，加点盐即可，味精无用，装进南瓜壳中上桌，又漂亮又好喝。

橙冻也好玩。美国橙大多数很酸，买柳丁或泰国绿橙好了，它们最甜，切头，挖肉备用，另几粒挤汁，加热后放鱼胶粉，现买的Jelly粉难于控制，其中香料和糖精味道也不自然，还是避之为妙。鱼胶粉不影响橙味，倒入橙壳，再把橙肉切丁加进去，增加咬嚼的口感，冻个半小时即成。

天气热，胃口不好，还是吃点辣的东西，把剩余的鱼胶粉溶解备用。那边厢，将泰国小指天辣舂碎挤汁，加酱油或鱼露，混入鱼胶粉中，冷却后再切成很小很小的方块，铺在排骨或食物上，又是一道惹味的菜。

炖蛋最过瘾了，利用日本人的茶碗蒸方法炮制，材料尽找些小的，浸过的小虾米、细鱼，半晒干的那种，金华火腿选当鱼翅配料的部分，切成小丁丁。鸡蛋仔细地用茶匙敲碎顶部，留蛋壳当容器，打蛋后和材料混合，再倒回蛋壳中，最后把吃西瓜盅用的夜香花铺在上面，隔水炖个五分钟即成。

向苦闷报复，一乐也。

生老病死是人类最公平的事

在巴黎，走过一个报纸杂志摊，看见一位知名男演员的封面，大特写。

灯光由下面打，强调他脸上的皱纹。这幅画像甚有震撼力，表现出这个人物的自信，以及他人生丰富的经历，拍得实在太好。

反观东方的明星，拼命遮住老化的现象，染了一头黑发，不，当今应该说棕发、金发或红发吧。请摄影师在镜头上加个细纹的滤色镜，土称“加纱”，拍得像只幽魂。真可怜。

生老病死四个阶段，是人类最公平的事。老就老嘛，肌肉下垂，又如何？你的爸爸妈妈，不会老吗？你自己呢？

到了做父母的年龄，还要扮成愤怒青年，或思春少女，问题就来了。

日本人称男人脸上的皱纹，为“男之纹章”。前面两个字大家都懂，纹章，则有战绩和成就的意思。和服中的带子，也绑在肚脐之下，突出那个微微拱起的肚腩，也是男之纹章。没肚皮的年轻人，还要在腹中藏一两本书，看起来才像样。

不过一种米养百种人，整容也是日本人发明的。双眼皮、弄高鼻子已不在话下、隆胸、抽肚脂，从额头刮一刀把皮拉上也是平常手术，还有修补处女膜的呢。

为了防老做这种事，当然是做来给别人看，但年纪一大，表现的是你的个性、你的才华、你的处理年龄的方式，是做来给自己看的，也给别人感觉得到，才是办法。

秃头是救不了的，染发倒很值得同情。一顶灰发可以接受，完全白掉，不加整理，又毫无油脂，就有个脏相。人老不要紧，千万别脏，衣着是否名牌不重要，干净就是。

头发一染，每天得染，要不然发根处出现一截白的就很滑稽。建议他们吃首乌膏去，能逐渐变黑。我没试过，听说而已。

助人是最开心的事

报纸看到一则闲闻，说英国专家研究“快乐科学”，提出十个“令你快乐一点”的方法，读后觉得一无是处：

一、“跟伴侣独处”：每周抽一小时跟伴侣独处，不受干扰地静静聊天。

我说恋爱中的男女，一小时怎么够？分分秒秒都想黏在一起。到了冷淡期，分分秒秒都不要独处。不过，你的伴侣是不会放过你的。

二、“做忘我运动”：找出最令自己投入，达到忘我的活动。

我说年轻时的忘我运动，最好是做爱，老了，还那么忘我，心脏病一定突发。

三、“勿追求完美”：世事没有十全十美，坚持完美只会令自己不快乐。

我说年轻时不追求完美，怎么对得起自己？年纪大了，不必你追，也知道没完美这回事。

四、“戒孤芳自赏”：应勇于跟人打开话匣子。

我说这是天性问题。有些女人，你叫她们闭嘴，是做不到的。

五、“多体能活动”：参加业余话剧团也行，吸尘也行，让身体活动即可。

我说这又是天性，懒惰的，交给菲律宾助理，勤力的，只想制造小生命。

六、“扮笑也有益”：即使扮笑，也会令人变得心情愉快。

扮笑？我们还不是专家？天天扮笑。

七、“做自己的好友”：退去内心负面的消极，道出逆境要自我安慰。

我说还是抗忧郁的药物比较有效。

八、“常奖励自己”：甚至云雨一番都可以。

云雨一番？那要看是什么对象。

九、“每天都大笑”。

唉，要笑得出才行呀。

十、“助人最开心”。

至少，这一点我是同意的。

再忙也要停下一切，去办想办的事

记性差，有时是天生的，也不能太过责备自己，最糟糕的是不用功，不肯用笔记下来。

从前常忘记这个忘记那个，很不方便。

当今我出门之前，总问我自己："有四种东西，带了没有？"

开始数：钱，有了。手提电话，有了。眼镜，有了。雪茄呢？也有了。习惯，很可怕，学到坏的，终生困扰，好的非养成不可。

我一走进酒店，必把开门的锁匙或卡片放在电视机上，此后不花时间就能找到，出门之前又问自己："有一种东西，带了没有？"

年纪一大，记忆力衰退是必然的事。年轻时看到长辈邵逸夫爵士，身上总有一片很精美的皮夹，插入白卡，一想起什么，即刻用笔记之，字又小又细，但力道十足，写得把纸张也刮出深坑来。

九十多岁的人了，还是没有抛弃这好习惯，当今又有电子手账又有手提电话记事，方便得多，年轻男女还是不肯改善记忆力，没话说。

记性差，有时是天生的，也不能太过责备自己，最糟糕的是不用功，不肯用笔记下来。

更坏的，是推三推四，明明自己忘记了还拼命解释已经打了电话给对方，对方没有复电罢了，不关我事。

没复电？不会追吗？年轻人的缺点是叫他们做一件事，很少得到回音，要等问起才搪塞一番。我们这些老得已成精的人，怎么看不出？当面责备多了，大家伤感情，最后只有忍着不发脾气而已。

事情做错，道歉一声，不就行吗？

记性不佳，最好是想到什么即刻做。不然一转头就忘记了。再忙，也要停下一切，先办完想起的事。

但是做完这件，又忘记其他的，也是我自己犯过的大毛病。不要紧，我把我的上司一个个消灭，炒他们的鱿鱼，到现在没人管，也没压力，要忘记什么就什么。如果你也能够做到这个地步，记忆力差，已不是问题。

感动一生的礼物

送礼物，一定要送到节骨眼上。所谓的花心思，就是这么一回事了。

父母一有能力，儿女们要些什么就送什么，变成理所当然，就不觉稀奇，下一代一发脾气："你们永远不陪我，只懂得送礼物！"

情人互相送礼，女方一收习惯了，大多数会说："不如折现。"

男的一被宠坏："我的灵魂，是不能被收买的！"

送上司的礼物，对方弄不清楚是谁送的，若石沉大海，当你问起，他说："谢谢你的餐具。"

其实，你送的是水晶摆设。

许多人都喜欢送花，收到了当然高兴，不管是女的或男的。三天之后，花谢了，好意也跟着枯竭，不管是女的或男的。

有时遇到小朋友的生日，我多数会向他们说："要些什么，我买给你。这样比较好。"

对方一客气，我就记不得。

到目前为止，我认为最有心意的礼物，是一位友人送给她儿子的。每年，做母亲的都会替他拍一张照片。看过苏美璐画展之后，很欣赏她的艺术，就与她商量，是不是可以把那十八张照片画成肖像？苏美璐也觉得这个主意很有意思，就答应了。

那十八幅画已经寄来，想将它裱成一本插页，因为苏美璐画的是水彩，很多地方都不会装裱，我拿到“文联庄”去，李先生说没有问题，当今已裱好，在生日的前一天。

我想，做儿子的，一生也会感谢。

走好死亡这段路

每写完一篇文章，杂志社排好字，就传送给苏美璐作插图，今天收到她的电邮：

“读过你写的关于死亡，这真有趣，最近我常发白日梦（有点像你在发开妓院的白日梦），想经营一个场所，让大家可以好好死去，和平死去，平平静静地死去。

“我一直希望可以帮助别人，让他们选择自己的死法。

“至于我自己，最好是在早上，吃完了我喜欢的煎蛋和烤面包，到外面散散步，回家用钢琴弹几首巴赫音乐，坐在安乐椅上，喝杯茶和吃几块饼干，来些亲爱的朋友，用漂亮的安静的语气聊聊天，最后让我睡觉。

“我想他们会把我带到天堂，其他的，我才不管那么多。我就是想开那么一个让人安息的地方，我相信这种服务应该存在的。

“我的先生说，他最好在他钓鳟鱼的湖畔死去，我认为死亡是一种你能盼望的目的，如果你有选择的话。”

是的，为什么要怕死呢？

返家，是我们大家都期待的事。

今天，我已经七十岁了。谈死亡，是恰当的时候。二十世纪七十年代，看《2001：太空漫游》，一再问自己，到底有没有机会乘火箭到另一星球？或者到了那个时候，我还活不活在世上？我将会变成一个什么样子？

当今，离二〇〇一年，也多了十年。太空旅行没法子实现的了，人，倒是活了下来。

样子嘛，照照镜子，还见得人，至少上电视做节目，也没人抱怨。留了胡子，是因为母亲的逝世，二〇一一年的二月二十八日三周年忌，就可剃掉，到时看来是否会更老，不知道。

目前生活并不算健康，还是那么大鱼大肉。酒倒是喝少了，遇到好的，还是照饮不误。

还是那么忙碌，飞来飞去，但不觉辛苦。稿件已减少许多，每星期在日报上只写四篇，周刊写的这篇一乐也，另有一篇每星期一次的食评和一篇写世界上好酒店的，已占了不少空暇。也许接下来只能再减一点，等到能够把名酒店都聚集成书后，就停写。

每天睡眠有六小时，已足够，如果能休息上七个钟，那算饱满。迎接死亡时期来到，我要逐渐少睡，由六，减到五，四，三。

像弘一法师一样到寺庙圆寂，是做不到了。第一，我怕蚊子；第二，没有空调是受不了的。

还是留在家吧，或者到一个美景，召集好友，像《老豆坚过美利坚》戏中的主角，一个个向亲友们拥抱告别，最后请一位有毒瘾的美女，带来吗啡，一支支注射进去，在飘飘欲仙之中归去。

上天堂或下地狱，我不相信有这回事，还是没有苏美璐那么幸福，不过和她一样，之后管他那么多干什么！

地点最好是在香港，如果有困难，还是去荷兰吧。那里思想开通，又有一位我深交的医生朋友，他每次来港，我都大请宴客，荷兰人一向节俭，对东方人的招待大感恩惠，一直问有什么可以为我做到的。

吗啡对他来讲是易事，医院里一大堆，拿几管送我一点困难也没有。虽然安乐死在荷兰大行其道，但是这位医生受过一点挫折，那是当丁雄泉先生不省人事后，子女把事情归咎在他身上，闹到差点上法庭。问题是他肯不肯再牵涉到我的事件去。

这也好办，事先由律师在场，先签一张一切与他无关的证明，他就能安心替我做这件事了。

遗嘱早就拟妥，应做的事都安排好，简单得很。

我这一生没有子女，在这个阶段，我也没有后悔过。小时听中国人的所谓不孝有三，无后为大的笑话，在我父母生前已解决了。

当年我向老人家说，姐姐两个儿子，哥哥一子一女，弟弟也是，有六个后人，不必再让我操劳吧？他们听了也点头默许。

人活在世上，亲情最难交代，一有了顾虑是没完没了的，我能侥幸避过这关，应感谢上苍。人各有志，喜欢养儿弄孙的，我没异议，只要不发生在我身上就是。

没有遗憾吗？太多了，不可一一枚举，但想这些干什么？我一直主张人活得愈简单愈好，情感的处理也缩短，到计算机原理的正和负计算最妙。不只是身外物，身外感情，是个高境界，我是能够享受到的。

很高兴在世上得到诸多的好友和老师，今人古人，都是教导我怎么走这段路的恩人。

最要感谢的倪匡兄，我向他学习了什么叫看开，他是一位最反对世俗的高人，斩断不必要的情感，尽量做些自己最想做的事，都要归功于他。

但是我毕竟是一个凡人，所以头发愈来愈白，反观倪匡仁兄，满头乌丝，虽然他自嘲不用脑了，所以没有白发，但我知道，是想开了，所以没有白发，所以能够做到视死如归。

但愿自己能像红酒，越老越醇

年轻的时候，得不到爱，便是恨，黑白分明。

“你不跟我睡觉吗？那你是爱我不够深。好，永远不见你。”男的说。

“你连爱我都不会说一声，你追求的只是我的身体。好，我绝不给你。”女的说。

为什么不能等呢？再等多一阵子，人就是你的，但大家都心急，其实不是心急，是不懂得珍惜感情。

这是教不会的，无经验的洗礼，怎么聪明的人，都不懂得爱，只会破坏。

到了了解什么是爱的时候，我们对人生开始起了怀疑，而且逐渐不满。一不小心，便学会讽刺它，沉迷在绝望中，放弃宗教和哲学的教导，变为尖酸刻薄，即使爱再到面前，也让爱溜走。

令我们开心的事越来越少，让我们垂涎的食物已是稀奇。

不过，我们也没那么动怒了。

已知道骂人的结果是自己辛苦，动气伤神伤身。看不顺眼的，还是不发表意见，反正不是一个人的能力可以扭转乾坤，想一笑置之，但又恨不消，唠叨又唠叨，在年轻人的眼中，我们是长气的。

但愿自己能像红酒，越老越醇。一股香浓，诱得年轻人团团乱转。一切看开、放下，人生豁达开朗，那有多好！

想归想，到头来还是做不到，只能羡慕。

在这个阶段，家族、朋友，开始一个个逝去，我们一次又一次地哭啼。

泪干了，所以我们不哭。

年轻时，欢笑止于欢笑，对笑的认识太浅。到现在才知道真正悲哀时，眼泪是流不出来的。眼泪，只有在笑的时候，才淌下。

男女不可抗拒的二十种魅力

有则外电报道，说英国的一项研究，访问了四千个男女，各自列出异性二十种最不可抗拒的魅力，结果是女的认为男性的微笑最厉害；而男的认为女性的身材，是最难招架的。

哈哈哈哈，微笑谁不会呢？而女性的身材，不喜欢起来，多好也没用呀！

在男性的二十种之中，我跑到浴室去照照镜子，自问自答：第二位的幽默感，我认为自己是有的。其实大部分肉麻当有趣的男人，都以为自己拥有的是幽默感。

第三的体贴，那要看对方是什么人，有些八婆阴阴湿湿，奄尖夹腥闷（挑剔，要求高），怎么去体贴？

第四的慷慨，当今我有点条件。我做穷学生时也颇慷慨，有朋自远方来，拼命请客，他们走了之后，挨一个月方便面的事倒也是有过。

第五的聪明，我自认缺乏。

第六的亲切，和第三的体贴一样，视人而定。

第七的懂自嘲，那是我无时无刻不在做的。

第八的放肆和调皮，我天生俱来，到了这个年纪，还在捣蛋。

第九的爱家庭，自问我孝心十足。

第十的健康体魄，全不及格。我这种抽烟喝酒不运动的人，谈什么健康体魄呢？

第十一的专注，我只对自己喜欢的事物专注，念书时数学没及格过。

第十二是眼神有长时间的接触，我也有。别误会，那是因为我老视。

第十三的是热情，这我已经退化了。

第十四的强壮臂弯。又不是大力士，有什么好？不如以持久来代替吧。

第十五的对小朋友友善，那是应该的，但对那些又丑又作怪的小鬼，怎么伪笑得了？

第十六的积极，是我做人的态度，受之无愧。

第十七的穿西装有型，那是由别人来判断，自己怎么认为自己有型，都是假的。

第十八的自信，我每天都在学习新事物，累积下来，活到了这个阶段，才有一点。

第十九的宽阔肩膀，有了又如何？

第二十的留有须根，那还不容易，几天不刮胡子就行。当今留了须，算不算在里面？

至于男性认为女人不可抗拒魅力也有二十条，第一的美好身材，对于我，并不重要。

第二是乳沟，有些我还不屑一顾呢。太大的胸部，也让人联想到每一个部位都大。

第三是幽默感，啊，的确有魅力，这是我要求女人必具的条件。

第四是咧嘴而笑，要看对方牙齿整不整齐。

第五是逗人发笑，是丑女最大的武器，连这个也没了，就失去了求偶的希望。

第六是丝袜和吊袜带，有了更好，没有的话也不影响性的冲动。

第七是可爱傻笑，很好呀，有些时候，少了一条筋的女人，笑起来的确可爱。

第八是香味，最好别搽贱价的香水。一个摄影师曾经问我，女友身体很臭，怎么办？我回答说爱上就不觉得了嘛！难道你要把羊奶芝士洗了之后再吃吗？

第九是懂得自嘲，那是幽默感的一部分，重要的。

第十是可靠，有哪个女人可靠了？没听过“天要下雨，娘要嫁人”这句古语吗？不害你已经谢天谢地，其实男人也是一样。

第十一是短裙，当然比遮掩起来好看，但也要看对方的腿粗不粗才行呀。

第十二是长靴，那也要看她们的腿长不长呀。有被虐狂的男人，会特别喜欢吧，我看到随街都是穿长靴的矮肥女人，有点倒胃。

第十三是邻家女模样，这最骗人了。和邻家女青梅竹马，没上过战场的男人，一碰到更好的，就临老入花丛。

第十四是爱搞鬼，不错不错，调皮捣蛋的女子，总好过死死板板的。

第十五是长腿，这我举手赞成，但要配上腰短才行，东方女人多数是相反。

第十六是乐观，其实不应该排在第十六，排在第二三才对。

第十七是好的聆听者，这也很不可靠，起初也许扮得出，女人一与你混熟后，多是喋喋不休的。

第十八是知性对话，很重要，总不能老是搞，那会脱皮的。

第十九是凝视的眼神，那是她们拍照片时的招牌货色。

第二十是善于理财，这不是什么魅力，是她们天生的。

最后，觉得很奇怪，互诉对方的魅力，怎么不提有没有钱？真那么清高吗？大概访问的对象，都是有情饮水饱的十七八吧？

老得庄严、干净、清香

新居的楼下，长着几株白兰，足四层楼高，比我在天台种的那三株，大百倍。

经过时不仔细看，不知道是白兰，因为它只剩下叶子，看不到花，却有一股幽香，从何处来?

大概是长成的过程中起的变化。低处生花，顽童一定来干扰；全树开遍，则会引小贩前来采折。

白兰树的花，只让站在高处的人看见。

花生顶上，像长者的白发。

树干之大，根部之强，占着路边一席。

这棵白兰已不能连根拔起，移植他乡。

时代的进步，道路广阔的话，只可将它砍伐。

不然，老兰站在一旁，静观一切的变化，但愿人老了，像这一棵白兰。

老，必须老得庄严。

老，一定要老得干净。

老，要老得清香。

是否名牌已不重要，但天天洗濯烫直。衣着是对别人的一种尊敬，也是对自己的尊敬。

皱纹是自傲，但须根应该刮净，做一个美髯公亦可，每天的整理，更花费功夫。

修指甲，剪鼻毛，头皮是大忌。

最主要的，还是要像白兰那么香。

香不只是一种嗅觉，香代表不俗气。

切莫笑人老，自有报应。

人生必经之路，迟早到来。等它来临时，不如做好准备，享受它的宁静。

他人言论，已渐觉浅薄无聊，自己更不能老提当年勇，老故事亦不可重复。

最好是默默然地把趣事记下，琴棋书画任选一种当嗜好，积极钻研，成为专家。不然养鱼种花，不管它们的出处，亦是乐事。

人总得向自然学习，最好临终之前，发出花香。

放纵的哲学

“享受人生的快乐，由牺牲一点点健康开始。”尊·休士顿说。

这个人放纵地过活，但是八十多岁才死。所谓的牺牲一点点的健康，并非一个致命的代价。

大家都知道自由的可贵，但是大家都用“健康”这两个字来束缚自己。

看到举重的壮汉，的确健康，不过这个做运动的人总不能老做下去。年龄一大，自然缓慢下来。到时他那坚硬的肌肉开始松懈，人就发胖。为了防止这些情形发生，他要不断地健身。试想看到一个七老八十的人全身还是那么一块块的肌肉，和隆胸的妇女有什么两样？

又有个朋友买了一栋有公共游泳池的公寓，天天游，结果患了风湿。

注重健康，说得难听一点，就是怕死。

烟不抽，酒不喝，什么大鱼大肉，一听到就摇头。

好，谁能担保不会有个人，二十多岁就患肺动脉血压高？哪一人能够说自己绝对不会遇上空难、车祸、火灾、水灾和高空掷物？

想到这里，更是怕死。

怎么办？唯有求神拜佛了。

迷信其实不用破除。信仰是种药，来保持人类思想的健康。

思想的健康比肉体的健康更加重要。

一个人如果多旅行、多阅读、多经历人生的一切，就不当死是怎么一回事了，这个人在思想上绝对是健康的。

思想健康的人一定长寿，你看那些画家、书法家、作曲家，老的比短命的多。

当然不单单是指做艺术工作的人，凡是思想健康的，不管他们的想法是好主意还是坏主意，都死不了。你没有看到中国的那几个抽烟的老人皇帝吗？

总认为人类身体上有一个自动的刹车器，有什么大毛病之前，一定先感到不舒服。如果你精神上健康，一不舒服就不干，便不会因为过度纵欲而病倒。

喝酒喝死的人，是精神不正常。像古龙一样的人，明明知道再喝就完蛋，但是还是要喝下去，也许是他认为自己是大侠，也可能是活够了，觉得这个世界没有什么事是新鲜了。

吃东西吃死的例子倒是不多。

什么胆固醇，从前哪里听过？还是照样活下去。

也许有人会辩论说那是因为几十年前，社会还是困苦，人没有吃得那么好，所以不怕胆固醇过多。精神健康的人也不会和他们争执，你怕胆固醇，我不怕胆固醇就是了。近来已经有医学家研究出胆固醇也有好的胆固醇和坏的胆固醇。我们只要认为所有吃下去的东西都是好的胆固醇，不亦乐乎？那些怕胆固醇的人，失去尝试到好胆固醇的享受，笨蛋。

略为对暴食暴饮有节制，不是因为不想放纵，而是太肥太胖，毕竟是不美丽。

科学越发达，对人类的精神越是伤害，现在的医学报告已经达到污染的程度。

最近研究出喝牛奶对身体无益，打破了牛奶的神话。当然早就说吃咸鱼会致癌，就不吃咸鱼。又听到鸡蛋有太多的蛋白质，什么吃肉只能吃白肉而不吃红肉，等等，唉，大家不知道吃什么才好。

斋最有益、最安全、最健康了。吃斋，吃斋。

你以为呢？蔬菜上有农药，吃多了照样生癌！

医学家建议你吃水果之前洗得干干净净。心理上有毛病的人，把它们都洗烂了才够胆去吃。有些医生还离谱到叫你用洗洁精洗蔬菜和水果。体内积了洗洁精也患癌，洗洁精用什么其他精才能洗得脱？

已经证明维他命过多对身体不好，头痛丸有些含了毒素，某种药吃了会大颈泡，镇静剂安眠药更是不用说了，吃了之后和鸦片海洛因没有分别。

算了，吃中药最好，中药温和，即使没有用也不会有害，人参燕窝，比黄金更贵，大家拼命进补。但是有许多例子，是因为补过头，病后死不了，当植物人当了好几年还不肯断气。

植物人最难判断的是到底他们还有没有思想。如果有的话，那么他们一定在想，早知道这样，不如吃肥猪肉，吃到死算了。

肉体健康而思想不健康的人，就会出禁这个禁那个的馊主意。这些人终究会失败，像美国禁酒失败一样。现在流行禁烟了。人类要有决定自己生死的自由，才是最高的法治，虽说二手烟能致命，但有多少例子可举？

制造戒律的人，都患上思想癌症，越染越深，致使“想做就做”的广告也要禁止放映，是多么的可怕。

烟、酒和性，不单是肉体的享受，也是精神上的享受，有了精神上的储蓄，做人才做得美满。

让你在身体上有个百分百的健康吧，让你活到一百岁吧，让你安安稳稳地坐在摇椅上，望向远处吧。但是脑袋一片空白，一点美好的回忆都没有，这不叫“健康”，这叫“惩罚”。

快点把那本劳什子的*Fit For Life*丢进纸篓去！

不会花钱，挣得再多也没意义

和丁雄泉先生相处数日，从闲谈之中，得益甚多。

“有些人一赚到钱，就说自己有多少财产也算不清楚。”丁先生说，“我的钱不够他们多，我知道我有多少钱，但是，问我画了多少幅画，我也算不清楚。”

吃饭时，见菜单上有醉蟹，即叫一客。

“您不怕生吃有细菌吗？”作陪的人问他。丁先生瞪了他一眼，好像在说这种问题你也问得出，照吃不误。

看着醉蟹的膏，他说：“你看，多么像海胆。”

侍者拿了一个吃大闸蟹的铁夹子放在旁边。丁先生一下子把整碟醉蟹吃光，剩下蟹钳，就放进嘴里把硬壳咬个稀烂，七十多岁人了，牙齿还那么好，我叫侍者把铁夹收回去。

画展之中，丁先生感觉和客人交谈已经乏味。我们两人就偷偷跑到隔壁的一家餐厅去，看到酒牌中有香槟，叫了一瓶。我只喝一杯，其他的由他包办。画展完毕后又去同一家餐厅，慰劳工作人员，再开五瓶香槟，他一人乘机又喝了一瓶多。

来了一位台湾老大哥，开夜总会的。丁先生说：“盗亦有道，比很多高官好得多。”

老大哥请吃晚饭，丁先生又和他干了满满的数杯白兰地，面不改色。饭后老大哥邀请我们去他的夜总会，我说：“这种地方的女人庸俗得很，你酒喝多了，还是回旅馆休息吧。”

“有女人的地方，总要去看看。”丁先生说，“对女人有兴趣，才有生命力。”

“做人要懂得花钱。”丁先生裤袋中总有一大沓钞票，“人家说花钱容易，赚钱难。我说花钱更加不容易，你看许多人死了，都留下一大笔钱，这不是一个好例子吗？”

自由自在，才是幸福

什么叫幸福?

出入不必用保镖。自由自在，大排档蹲下来就吃，有谁管你，才是幸福。

当今的富豪怕被绑架，都要雇用保镖。有什么好人选?当然是啹喀兵了。英国人一走，把他们抛弃，当然不能眼睁睁饿死，既然已受过训练，当保安工作是唯一出路。

啹喀兵的确可靠，老一辈的，在马来亚森林追马共，不眠不休。对方至少要停下来吃饭，但啹喀兵一面行军一面啃面包，最后还是要给他们找到。

我曾经有过一个构想，拍一部啹喀兵的电影，一个不想再杀人的小卒，被他的同僚追杀。怎么打，怎么设下陷阱，怎么反击，等等，都是好材料。

时下的啹喀兵，有没有他们前辈那么英勇，我不知道。但他们一穿上西装打领带，已失去一半威风。

应该不在乎这些，让身边的人穿得好一点，能花多少?不着西装，穿设计家的制服，像德国军官那种，歹徒看了也不寒而栗。

很久之前，在大机构做事的时候，也见过港督的保镖，长得像公子哥儿，斯斯文文，一身阿玛尼西装。天气一热，在休息时脱下西装，露出腋下的枪套，原来还是丝绸做的。不知道有没有服装津贴?但那么英俊潇洒，就算贪点小污也不讨厌。

如果我有一天也成为富豪（那是永远不可能发生的事），也会请保镖。

有权有势嘛，万事皆通，与内地的官员也一定熟悉。帮过他们一次忙之后，就可以来个小要求。“什么？你要请女保镖？行！包在我身上！”他们说。

这时请几个身高六尺、模特儿般的身材的美女特警，出门一面左拥右抱，一面受温柔的保护，这才是有钱懂得花。

先让儿女玩一阵子吧

今早的新闻中，看到北京的一个学校，专教小孩子如何成为神童，读小学就能有大学的成绩，全年学费竟然高达十四万人民币。

校长出镜解释如何教导。他没有眉毛，皮笑肉不笑，一脸奸相，一看就知道是个老千，但也有父母上当。据专家们说，那里的教学方法，和普通的并无两样。

都怪只能生一个。由父母及男女双亲一共六个人来宠爱，非成龙不可，内地的孩子，两岁已进入学堂，失去童真。

香港的也好不到哪里去，一两岁就要迫他们去幼儿园。我一些朋友都说单单为了孩子的学业，每个月花一两万。那么多钱，长大了还得了？留下来自己吃吃喝喝，多开心？

玩泥沙的日子何去？现在的儿童关在石屎森林（粤语，指香港的高楼大厦）中，来往之地只是学校和家里。个个戴近视眼镜，老气横秋，把头埋进计算机。自己的脑袋，装了什么东西？

我们在河里抓小鱼，叶中找打架蜘蛛，过的童年是那么逍遥，现在的儿童永无体会。

玩到五六岁才去读幼儿园，有的干脆跳开，一下子进入小学。是的，也许我们那时的儿童，长大了比当今的笨，但是我们快乐。

也明白做父母的苦心，不逼迫孩子，今后怎么和别的竞争？但是应该回头一想，自己已经竞争了一辈子，还要下一代重蹈你的错误？

想开了，就能放心。先让儿女玩一阵子吧！这是实实在在的，是他们再也得不到的时光。今生今世，永远不会忘记！

最佩服苏美璐一样的人物，让女儿阿明在小岛上自由奔放，阿明长大后会失去竞争能力吗？她那么聪明，是不可能的。还是倪匡兄说得对：好的孩子教不坏，坏的教不好，让他们玩去！

第三部分

不如任性过生活

—

跳出框框去想，别按照常规。常规是一生最闷的事，
做多了，连人也沉闷起来。

任性而活是人生最过瘾的事

从小，就是任性，就是不听话。家中挂着一幅刘海粟的《六牛图》，两只大牛，带着四只小的。爸爸向我说："那两只老牛是我和你们的妈妈，带着的四只小的之中，那只看不到头，只见屁股的，就是你了。"

现在想起，家父语气中带着担忧，心中约略地想着，这孩子那么不合群，以后的命运不知何去何从。

感谢老天爷，我也一生得以周围的人照顾，活至今，垂垂老矣，也无风无浪，这应该是拜赐于双亲一直对别人好得到的好报。

喜欢电影，有一部叫《红粉忠魂未了情》（*From Here To Eternity*），男女主角在海滩上接吻的戏早已忘记，记得的是配角不听命令被关牢里，被满脸横肉的狱长提起警棍打的戏，如果我被抓去当兵，又不听话，那么一定会被这种人打死。好在到了当兵年纪，我被邵逸夫先生的哥哥邵仁枚先生托政府的关系保了出来，不然一定没命。

读了多间学校，也从不听话，也好在我母亲是校长，和每一间学校的校长都熟悉，才一间换一间地读下去，但始终也没毕业过。

任性也不是完全没有理由，只是不服。不服的是为什么数学不及格就不能升班？我就是偏偏不喜欢这一门东西，学几何代数来干什么？那时候我已知道有一天一定会发明一个工具，一算就能计出，后来果然有了计算尺，也证实我没错。

我的文科样样有优秀的成绩，英文更是一流，但也阻止了升级。不喜欢数学还有一个理由，教数学的是一个肥胖的八婆，面孔讨厌，语言枯燥，这种人怎么当得了老师？

讨厌了数学，相关的理科也都完全不喜欢。生物学中，把一只青蛙活生生地剖了，用图画钉把皮拉开，也极不以为然，就逃学去看电影。但要交的作业中，老师命令学生把变形虫细胞绘成画，就没有一个同学比得上我，我的作品精致仔细，又有立体感，可以拿去挂在壁上。

教解剖学的老师又是一个肥胖的八婆，她诸多留难我们，又留堂又罚站，又打藤，已到不能容忍的地步，是时候反抗了。

我领导几个调皮捣蛋的同学，把一只要制成标本的死狗的肚皮剖开，再到食堂去炒了一碟意粉，下大量的番茄酱，弄到鲜红，用塑料袋装起来，塞入狗的肚中。

上课时，我们将狗搬到教室，等那八婆来到，忽然冲前，掰开肚皮，双手插入塑料袋，取出意粉，血淋淋的，在老师面前大吞特吞，吓得那八婆差点昏倒，尖叫着跑去拉校长来看，那时我们已把意粉弄得干干净净，一点痕迹也没有。

校长找不到证据，我们又瞪大了眼作无辜表情（有点可爱），更碍着和我家母的友情，就把我放了。之后那八婆有没有神经衰弱，倒是不必理会。

任性的性格，影响了我一生，喜欢的事可以令我不休不眠。接触书法时，我的宣纸是一刀刀地买，一刀刀地练字。所谓一刀，就是一百张宣纸。来收垃圾的人，有的也欣赏，就拿去烫平收藏起来。

任性地创作，也任性地喝酒，年轻嘛，喝多少都不醉，我的酒是一箱箱地买，一箱二十四瓶，我的日本清酒，一瓶瓶地灌。来收瓶子的工人，不停地问：“你是不是每晚开派对？”

任性，就是不听话；任性，就是不合群；任性，就是跳出框框去思考。

我到现在还在任性地活着，最近开的越南河粉店，开始卖和牛，一般的因为和牛价贵，只放三四片，我不管，吩咐店里的人，一干就把和牛铺满汤面，顾客一看到，哇的一声叫出来，我求的也就是这哇的一声，结果虽价贵，也有很多客人点了。

任性让我把我卖的蛋卷下了葱，下了蒜。为什么传统的甜蛋卷不能有咸的呢？这么多人喜欢吃葱，喜欢吃蒜，为什么不能大量地加呢？结果我的商品之中，葱蒜味的又甜又咸的蛋卷卖得最好。

一向喜欢吃的葱油饼，店里卖的，葱一定很少。这么便宜的食材，为什么要节省呢？客人爱吃什么，就应该给他们吃个过瘾，如果我开一家葱油饼专卖店，一定会下大量的葱，包得胖胖的，像个婴儿。

最近常与年轻人对话，我是叫他们跳出框框去想，别按照常规。常规是一生最闷的事，做多了，连人也沉闷起来。

任性而活，是人生最过瘾的事，不过千万要记住别老是想而不去做。

做了，才对得起“任性”这两个字。

学会放松，别绑死自己

又是新的一年，大家都制定这次的愿望，我从不跟着别人做这等事，愿望随时立，随时遵行则是。今年的，应该是尽量别绑死自己。

常有交易对手相约见面，一说就是几个月后，我一听全身发毛，一答应，那就表示这段时间完全被人绑住，不能动弹，那是多么痛苦的一件事。

可以改期呀，有人说，但是我不喜欢这么做，答应过就必得遵守，不然不答应，改期是噩梦，改过一次。以后一定一改再改，变成一个不遵守诺言的人。

那怎么办才好？最好就是不约了，想见对方，临时决定好了。喂，明晚有空吃饭吗？不行？那么再约，总之不要被时间束缚，不要被约会钉死。

人家有事忙，可不与你玩这等游戏，许多人都想事前约好再来，尤其是日本人，一约都是早几个月。“请问你六月一日在香港吗？是否可以一见？”

对方问得轻松，我一想，那是半年后呀，我怎么知道这六个月之间会发生什么事？心里这么想，但总是客气地回答：“可不可以近一点再说呢？”

但这也不妥，你没事，别人有，不事前安排不行呀！我这种回答，对方听了一定不满意的，所以只有改一个方式了：“哎呀！六月份吗？已经答应人家了，让我努力一下，看看改不改得了期。”

这么一说，对方就觉得你很够朋友，再问道："那么什么时候才知道呢？"

"五月份行不行？"

"好吧，五月再问你。"对方给了我喘气的空间。

说到这里，你一定会认为我这人怎么那么奸诈，那么虚伪，但这是迫不得已的，我不想被绑，如果在那段时间内我有更值得做的事，我真的不想赴约的。

"你有什么了不起？别人要预定一个时间见面，六个月前通知你，难道还不够吗？"对方骂道，"你真的是那么忙吗？香港人都是那么忙呀？"

对的，香港人真的忙，他们忙着把时间储蓄起来，留给他们的朋友的。

真正想见的人，随时通知，我都在的，我都不忙的，但是一些无聊的、可无可有的约会，到了我这个阶段，我是不肯绑死我自己的。

当今，我只想多一点时间学习，多一点时间充实自己，吸收所有新科技，练习之前没有时间练习的草书和绘画。依着古人的足迹，把日子过得闲散一点。

我还要留时间去旅行呢。去哪里？大多数想去的不是已经去过吗？不，不，世界之大，去不完的，但是当今最想去的，是从前一些住过的城市，见见昔时的友人，回味一些当年吃过的菜。

虽然没去过的，比如爬喜马拉雅山、到北极探险等，这些机会我已经在年轻时错过，当今也只好认了，不想去了。所有没有好吃东西的地方，也都不想去了。

后悔吗？后悔又有什么用。非洲那么多的国家，刚果、安哥拉、纳米比亚、莫桑比克、索马里、乌干达、卢旺达、冈比亚、尼日利亚、喀麦隆等，数之不清，不去不后悔吗？已经没有时间后悔了。放弃了，算了。

好友俞志刚问道："你的新年大计，是否会考虑开'蔡澜零食精品连锁店'，你有现成的合作伙伴和朝气勃勃的团队，真的值得一试……"

是的，要做的事真的太多了，我现在的状态处于被动，别人有了兴趣，问我干不干，我才会去计划一番，不然我不会主动地去找事做把自己忙死。

做生意，赚多一点钱，是好玩的，但是，一不小心，就会被玩，一被玩，就不好玩了。

我回答志刚兄道："有很多大计，首先要做的，是不把自己绑死的事。决定下一步棋，也要轻松地去做，不要太花脑筋地去做。一答应就全心投入，就会尽力，像目前做的点心店和越南粉店，我都是百分之百投入的。"

志刚兄回信："说得好，应该是这种态度，但世上有不少人，不论穷富，一定要把自己绑死为止。"

不绑死自己，并不是一件容易的事，我花光了毕生的经历，从年轻到现在，往这方向去走，中间遇到不少人生的导师，像那个意大利司机，向我说："现在烦恼干什么，明天的事明天再去烦吧！"

还有遇到在海边钓小鱼的老嬉皮士，当我向他说："喂！老头子，那边鱼更大，去外边钓吧。"他回答道："但是，先生，我钓的是早餐呀！"

更有我的父亲，向我说："对老人家孝顺，对年轻人爱护，守时间，守诺言，重友情。"

这都是改变我思想的人和事，学到了，才知道什么叫放松，什么叫不要绑死自己。

喜为五斗米折腰

为了准备二〇二〇年四月底在星马举办的三场行草书法展，我得多储蓄一些文字。发现写是容易，但要写些什么，又不重复之前的，最难了。

“岂能尽如人意，但求无愧于心”等字句，老得掉牙，又是催命心灵鸡汤，是最令人讨厌，写起来破坏雅兴，又怎能有神来之笔？

记起辛弃疾有个句子，曰：“不恨古人吾不见，恨古人不见吾狂耳。”很有气派，由他写当然是佳句，别人写就有点太自大狂了。

还是这句普通的好：“管他天下千万事，闲来怪笑两三声。”已记不得是谁说的，但很喜欢，又把“轻笑”改为“怪笑”，写完自己也偷偷地笑。

讲感情的还是较多人喜欢，就选了“只缘感君一回顾，使我思君朝与暮。”出自乐府《古相思曲》。原文是“君似明月我似雾，雾随月隐空留露。君善抚琴我善舞，曲终人离心若堵。只缘感君一回顾，使我思君朝与暮。魂随君去终不悔，绵绵相思为君苦。相思苦，凭谁诉？遥遥不知君何处。扶门切思君之嘱，登高望断天涯路。”太过冗长，又太悲惨，非我所喜。

写心态的，目前到我这个阶段，最爱臧克家的诗：“自沐朝晖意蓊茏，休凭白发便呼翁。狂来欲碎玻璃镜，还我青春火样红。”也再次写了。

也喜欢戴望舒的句子：“你问我的欢乐何在？——窗头明月枕边书。”

“故乡随脚是，足到便为家”是黄霑说过，饶宗颐送他的一句话，影响了他的作品《忘尽心中情》。我想起老友，也写了。

在中学时，友人送的一句“似此星辰非昨夜，为谁风露立中宵”，至今还是喜欢，出自黄景仁书《绮怀》，原文太长，节录较佳。

人家对我的印象，总是和吃喝有关，饮食的字特别受欢迎，只有多写几幅，受韦应物影响的句子有：“我有一瓢酒，足以慰风尘。”

吃喝的老祖宗有苏东坡，他说：“无竹令人俗，无肉令人瘦。不俗又不瘦，竹笋焖猪肉。”真是乱写，平仄也不去管它，照抄不误。

板桥更有：“夜半酣酒江月下，美人纤手炙鱼头。”

不知名的说：“仙丹妙药不如酒。”

有一句我也喜欢：“俺还能吃。”

另有：“红烧猪蹄真好吃。”

更有：“吃好喝好做个俗人，人生如此拿酒来！”

还有：“清晨烙饼煮茶，傍晚喝酒看花。”

最后：“俗得可爱，吃得痛快。”

说到禅诗，最普通的是：“菩提本无树，明镜亦非台。本来无一物，何处惹尘埃。”被写得太多，变成俗套。和尚写的句子，好的甚多，如：“岭上白云舒复卷，天边皓月去还来。低头却入茅檐下，不觉呵呵笑几回。”

牛仙客有：“步步穿篱入境幽，松高柏老几人游？花开花落非僧事，自有清风对碧流。”亦喜。

布袋和尚的：“手把青苗插福田，低头便见水中天。六根清净方成稻，后退原来是向前。”

禅中境界甚高的有：“佛向性中作，莫向身外求。”都已与佛无关了。

近来最爱的句子是：“若世上无佛，善事父母；事父母即是佛也。”

我的文字多作短的，开心说话也只喜一两字，写的也同样。

在吉隆坡时听到前辈们的意见，说开展览会叫售价要接地气，可以小的，大家喜欢了都买得起，结果写了：“懒得管”“别紧张”“来抱抱”“不在乎”“使劲玩”。四字的有“俗气到底”“从不减肥”“白日梦梦”等。

自己喜欢的还有：“仰天大笑出门去”“开怀大笑三万声”等。

有时只改一二字，迂腐的字句活了起来，像板桥的“难得糊涂”，改成“时常糊涂”，飘逸得多。“不吃人间烟火”，改成“大吃人间烟火”也好。

佳句难寻，我在惯例每年开放微博一个月中，征求网友提供，好的我送字给他们，结果没有得到，刚好我的网购“蔡澜的花花世界”有批产品推出，顺便介绍了一下，便给一位网友大骂，说我已为五斗米折腰，其他网友为我打抱不平，我请大家息怒，自己哈哈大笑，改了一个字“喜为五斗米折腰”，成为今年最喜欢的句子。

年轻人迷惘怎么办？当小贩去

年轻人最大的问题是迷惘，不知前途如何。成年人最大的烦恼，是不愿意听无能的上司指点。

在网上，很多人问我这些难题，我的答案只有三个字，那便是“麦当劳”了。

说多了，很多人误会：你特别喜欢麦当劳的食物吗？你收了他们的广告费吗？为什么老是推荐？

我可以再三地回答：我不特别喜欢或讨厌麦当劳。理由很简单：我没有吃过。我不喜欢麦当劳，是我最讨厌弄一个铁圈，把可怜的鸡蛋紧紧捆住，把一种可以千变万化的食材，改成千篇一律。我讨厌的，是将美食消绝的快餐文化。

至于广告，他们有年轻小丑推销，不必动用到我这个老头。他们请大明星，更是不成问题。我老是把这三个字推销给年轻人，是当他们问我失业怎么办？好的，去麦当劳打工呀，一定有空职，他们很需要人才。人生怎么会迷惘呢？最差也有一个麦当劳请你入职。

如果你肯经过麦当劳式的职业训练，你今后工作的态度也会有所改变，就像叫你去当兵一样，知道什么是规矩和服从。你再也不受父母的保护，你知道怎么走入社会，这是人生的第一步。

一切都要靠自己的努力，没有直升机从空而降，麦当劳是基本功。开一家餐厅，有数不清的困难和危机，对人事的处理，有学不尽的知识。做任何事，都不容易，麦当劳会出钱让你学习。

要拥有自己的餐厅，就像读书人的理想是开书店一样。喜欢饮食的人，为什么要朝九晚五替别人打工，为什么不可以把时间和生命控制在自己手里？

当小贩去吧！当今是最好的时机。

对的，香港已经没有小贩这回事，政府不许，都要开到店里去，当地产商横行霸道时，租金是当小贩的最大障碍，可是现在不同了，看这个趋势，房地产价钱一定下跌，租金也相应地降了，这是当小贩的最好时机。

和同事或老友一起出来打世界，一对小夫妻也行，存了一点钱就可以开店了，从小的做起，不必靠工人，不必受职员的气，同心合力把一件事做好，日本就有这种例子。人家可以，我们为什么不可以？

最大的好处是自由，想什么时候营业都行，如果你是一个夜鬼，那就来开深夜食堂吧。要是你能早起，特色早餐一定有市场。

卖什么都行，尽量找有特色的，市场上没有的，不然就跟风，人家卖拉面你就卖拉面，但一定要比别人好吃才行。

我一向认为，做食肆只要坚守着“平”“靓”“正”这三个字，绝对死不了人。

“平”是便宜，字面上是，但有点抽象，贵与便宜，是看物有所值与否。“靓”当然是东西好，实在，不花巧。“正”是满足。

有了这三个字，大路就打开了，前途光明无量。

基础打好，有足够的经验和精力及本钱，就可以扩大，就可以第二家、第三家地开下去，但越开多，风险越大，照顾不到的话，亏本是必定的。

至于卖些什么？最好是你小时候喜欢吃些什么，就卖什么，卖不完自己也可以吃呀！老人家说不熟不做，是有道理的，你如果没有吃过非洲菜就去卖，必死无疑。

即使吃过，只是喜欢是不够的，也别做去学三个月就变成专家的梦，好好学习，从头学起，一步一步走，走得平稳，走得踏实。

香港人最喜欢吸纳新事物、新食物，泰国菜、越南菜，甚至韩国菜、日本菜，都可以在香港生存下去，有些还要做得比本来的更美味。

可以发展的空间很大，也不必去学太过刁钻的，像潮州小食粿汁，就很少人去做，开一档正宗的，粿片一锅锅蒸，一块块切出来，再配以卤猪皮、豆卜之类又便宜又美味的小食，只要是味道正宗，所有传媒都会争着报道。

东南亚小吃更有得做，但为什么一味简简单单、又受大众接受的叻（lè，源自马来西亚的面食料理）沙没有人做得好呢，不肯加正宗的血蚶呀。血蚶难找，有些人说。九龙城的潮州杂货店就可以买到。

别小看小贩，真的会发达的，我亲眼看到过许多成功的例子，由一家小店开始，做到十几二十间分行，当小贩不是羞耻的行业。当今许多放弃银行高薪而出来、在美食界创业的年轻人，经过刻苦耐劳，等待可以收成的日子来到，那种满足感，笔墨难以形容。

好，大家当小贩去吧！

活，也要让人活

年纪越大，孤僻越严重。所以有“爱发牢骚的老人”这句话。

最近尽量不和陌生人吃饭了，要应酬他们，多累！也不知道邀请我吃饭的人的口味，叫的不一定是些我喜欢的菜，何必去迁就他们呢！

餐厅吃来吃去，就是那么几家信得过的，不要听别人说：“这家已经不行了。”自己喜欢就是，行不行我自己会决定，很想说：“那么你找一家比他们更好的给我！”但一想，这话也多余，就忍住了。

尽量不去试新的食肆，像前一些时候被好友叫去吃一餐淮扬菜，上桌的是一盘熏蛋，本来这也是倪匡兄和我都爱吃的东西，岂知餐厅要卖贵一点，在蛋黄上加了几颗莫名其妙的鱼子酱，倪匡兄大叫：“那么腥气，怎吃得了！”我则不出声了，气的。

当今食肆，不管是中餐西餐，一要卖高价，就只懂得出这三招：鱼子酱、鹅肝酱和松露酱，好像把这三样东西拿走，厨子就不会做菜了。

食材本身无罪，鱼子酱腌得不够咸，会坏掉，腌得太淡，又会腐烂，刚刚好的，天下也只剩下三四个伊朗人做得出。如果产自其他地方，一定咸得只剩下腥味，唉，不吃也罢。

鹅肝酱真的也剩下法国碧丽歌的，只占世界产量的5%，其余95%都是来自匈牙利和其他地区，劣品吃出一个死尸味道来，免了，免了。

说到松茸，那更非日本的不可，只切一小片放进土瓶烧中，已满屋都是香味。用韩国的次货，香味减少，再来就是其他的次次次货，整根松茸扔进汤中，也没味道。

现在算来，用松茸次货，已有良知，当今用的只是松露酱，意大利大量生产，一瓶也要卖几百港币，也觉太贵，用别地不知名的吧，只要一半价钱，放那么一点点在各种菜上，又能扮高级，看到了简直是倒胃。

西餐其实我也不反对，尤其是好的，不过近来也逐渐生厌，为了那么一餐，等了又等，一味用面包来填肚，再高级的法国菜，见了也怕怕。

只能吃的，是欧洲乡下人做的，简简单单来一锅浓汤，或煮一锅炖菜或肉，配上面包，也就够了。从前为了追求名厨而老远跑去等待日子，已过矣，何况是模仿的呢？假西餐做中餐，只学到在碟上画画，或来一首诗，就是什么高级、精致料理，上桌之前，又来一碟三文鱼刺身，倒胃，倒胃！

假西餐先由一名侍者讲解一番，再由经理讲讲，最后由大厨出面讲解，烦死人。

讲解完毕，最后下点盐，双指抓起一把，屈了臂，作天鹅颈项状，扭转一个弯，撒几粒盐下去，看了不只是倒胃，简直会呕吐出来。

以为大自然才好的料理也好不到哪里去，最讨厌北欧那种假天然菜，没有了那根小钳子就做不出，已经不必去批评分子料理了，创发者知道自己已技穷，玩不出什么新花样，自生自灭了，我并不反对去吃，但是试一次已够，而且是自己不花钱的。

做人越来越古怪，最讨厌人家来摸我，握手更是免谈。“你是一个公众人物，公众人物就得应付人家来骚扰你！”是不是公众人物，别人说的，我自己并不认为自己是，所以不必去守这些规矩。

出门时已经一定要有一两位同事跟着了，凡是遇到人家要来合照的，我也并不拒绝，只是不能拥抱，又非老友，又不是美女，拥抱来干什么？最讨厌人家身上有股异味，抱了久久不散，令我周身不舒服，再洗多少次澡还是会留住。

这点助理已很会处理，凡是有人要求合照，代我向对方说："对不起，请不要和蔡先生有身体接触。"

自认有点修养，从年轻到现在，很少很少说别人的坏话。有些同行的行为实在令人讨厌，本来可以揭他们的疮疤来置他们死地，但也都忍了，遵守着香港人做人的规则，那就是：活，也要让人活！英语中的Live and Let Live！

但是也不能老被人家欺负，耐心地等，有一天抓住机会，从这些人的后脑来那么深深一刺，见他们死去，还不知是谁干的。

在石屎森林（当地的高楼大厦）活久了，自有防御和复仇的方法，不施展而已，也觉得不值得施展而已。

想两者兼得，烦恼就产生了

“恋爱好，还是婚姻好？”弟子问。

“当然是恋爱好。”

“真是甜蜜！”

“也真是痛苦！没有了痛苦，就感觉不到甜蜜，这是代价。”

“这么说，人生不是充满了代价吗？”

“所以我们把它说成因和果，有前因，必有后果，听起来舒服一点，更接近宗教，虽然很玄，但也是事实。”

“难道结了婚之后，两人就不能恋爱吗？”

“可以继续恋爱，但不限制于传宗接代，只要双方在思想上都在进步，就能恋爱。单方面停止进步，那么只剩下温情，剩下互相的关怀而已。”

“关怀不是一件好事吗？”

“太多的关怀，变成一种负担。人是一个个体，大家都有照顾自己的一套，不必旁人指导。关心，像问候一样，讲太多次就觉得很烦。”

“恋爱中的男女，享受的就是这些呀。”

“对，所以说恋爱比结婚好。没结婚之前，原谅对方的缺点。结了婚，就开始不客气指责，不是一件好玩的事。”

“总要争争吵吵？怎么避免？”

“可以从各自发展自己的兴趣开始。”

“像一起打高尔夫球不可以吗？”

“可以。不过最好是你打高尔夫，我做我的瑜伽，回家时把学到的东西分享。讲这种事太遥远了，你还是集中精神去恋爱吧。”

“暗恋一个人，怎么办？”

“千万别暗恋，要明恋，暗恋对方不知道，没有用。”

“但是说不出口呀！万一对方不接受，又讲给别人听，不羞死人吗？”

“你有两者兼得的毛病，烦恼就产生了。”

看人是一种本事，人可以貌相

人活到老了，就学会看人了。

看人是一种本事，是累积下来的经验，错不了的。

古人说：人不可貌相。我却说：人绝对可以貌相，我是一个绝对以貌取人的人。

相貌也不单是外表，是配合了眼神和谈吐，以及许多小动作而成。这一来，看人更加准确。

獐目鼠眼的人，好不到哪里去，和你谈话时偷偷瞄你一眼，心里不知打什么坏主意，这些人要避开，愈远愈好。

大老板身边有一群人，嬉皮笑脸地拍马屁，这些人的知识不会高到哪里去。虽然说要保得住饭碗，也不必做到这种地步，能当得上老板的人，还不都是聪明人？他们心中有数，对这群来讨好自己的，虽不讨厌，但是心中不信任，是必然的事。

说教式地把一件不愉快的事重复又重复，是生活刻板的人，做人消极的人，这种人尽量少和他们交谈，要不然你的精力会被他们吸光。

年轻时不懂，遇到上述这些人就马上和他们对抗，给他们脸色看，誓不两立，结果是给他们害惨。现在学会对付，笑脸迎之，或当透明，望到他们背后的东西，但心中还是一百个看不起。

美丑不是关键。

我遇到很多美女，和她们谈上一小时，即刻知道她们的妈妈喜欢些什么、用什么化妆品、爱驾什么车。她们的一生，好像都浓缩在这短短的一小时内，再聊下去，也没有什么话题。当然，在某些情形之下，你不需要很多话题。

丑人多作怪是不可以原谅的。几乎所有的三八八婆都是这一个典型。和她们为伍，自己会变成她们，总之碰不得也。

愁眉深锁的女人，说什么也讨不到她们的欢心，不管多美，也极为危险，这些人多数有自杀倾向，最怕是有这个念头时，拉你一块走。

这种女人送给我，我也不要。现实生活上也会遇到的，像林黛和乐蒂等人，都是遗传基因使她们不快乐。

大笑姑婆很好，她们少了一条筋，忧愁一下子忘记，很可爱的。不过多数是二奶命，二奶又有什么不好？她们大笑一番，愉快地接受了。

爱吃东西的人，多数不是什么坏人。他们拼命追求美食，没有时间去害人，大笑姑婆兼馋嘴，是完美的结合，这种女人多多益善。

样子普通，但有一股灵气的女人，最值得爱。什么叫有灵气？看她们的眼睛就知道，你一说话，她们的口还没有张开之前，眼睛已动，眼睛告诉你她们赞不赞成。即使她们不同意你的看法，也不会和你争辩，因为，她们知道，世界上要有各种意见，才有趣。

我们以前选新人，二十世纪六七十年代中一部片就是上千个，有谁能当上女主角，全靠她们的一对眼睛，有的长得很美，但双眼呆滞，没有焦点，这种女人怎么教都教不会演一个小角色。

自命不凡、高姿态出现的女强人最令人讨厌，她当身边的人都是白痴，只有自己一个才是最精的。这种女人不管美丑，多数男人都不会去碰她们。从她们脸上可以看出荷尔蒙失调。

“我还很年轻，要怎么样才学会看人？”小朋友常这么问我。

要学会看人，先学会看自己。

本人一定要保存一份天真。

像婴儿一样，瞪着眼睛看人，最直接了。

沉默最好，学习过程之中，牢牢记住就是，不要发表任何意见，否则即刻露出自己无知的马脚。

注视对方的眼睛，当他们避开你的视线时，毛病就看得出来了。

也不是绝对地不出声。将学到的和一位你信得过的长辈商讨，问他们自己的看法对与不对。长辈的说法你不一定赞同，可以追问，但不能反驳，否则人家嫌你烦，就不教你。

慢慢地，你就学会看人了，你一定会受到种种的创伤，当成交学费，不必自怨自艾。

两边腮骨突出来的，所谓的反腮，是危险的人，把你吃光了骨头也不吐出来。以前我不相信，后来看得多，综合起来，发现比率上坏的实在占多。

说话时只见口中下面的一排牙齿，这种人也多数不可靠。

一眼看下去像一个猪头，这种人不一定坏，但大有可能是愚蠢的、怕事的、不负责任的。

从不见笑容，眼睛像兀鹰一样的，阴险得很。

什么时候学会看人，年纪大了自然懂得。当你毕业时，照照镜子，看到一只老狐狸。

我就是一个例子。

互相尊敬，是基本的礼貌

不知不觉之中，我也成了所谓的“名人”，时常有陌生人问：“可不可以和你拍一张照片？”

对方很客气，我当然不会拒绝，要拍多少张都行。从小被父母亲教育，人与人之间，应该有互相的尊敬，这是基本的礼貌，必定遵从。

不喜欢的是，连这一点最低的要求都不懂，譬如就来一句：“喂，蔡澜，合拍一张？”

我多数当对方是透明，装聋作哑，从他身边经过。心情好的时候，我会说：“对年纪比你大的人，不可以呼名道姓。”

这是事实，对方的父母没教他，由我来倚老卖老指出，对他们也不无好处。

有些人听到了，腼腆而去。有些人翻脸：“不拍就不拍，你以为我会稀罕？”

对着此等人间废物，只有蔑视。

在新书出版后的签书会上，很多读者要求合照，队伍太长，一位位拍，时间是不够的，我关照助手替对方拿着手机，要他们站在我身后，一面签名一面拍。

多数读者会满意而去，但也有很多人说：“直的一张，我们再来横的一张，看看镜头！”

这时我心中开始厌烦，虽不作声，但是表情已经硬，挤不出笑容了。

有些相貌娟好，言语不俗，以为是很喜欢看书的知识分子，智商一定很高，岂知眼对镜头，他们即刻举起剪刀手来，作胜利状，我看了也苦笑作罢了，不会生气。年轻人喜欢作V字状，情有可原，七老八老，还要作此动作，就显出智商低了。

答应了和对方合照之后，他们会越走越近，我一向越避越开，还得保持客气，但他们得寸进尺，伸出手来要拥揽我肩膀，这就很讨厌了。

是的，人与人之间要互相尊重，但是对年纪比我们大的人，不可作亲友状，我与金庸先生认识数十年，也不敢作此大胆无礼的动作，非亲戚朋友，怎可勾肩搭背？

走进食肆，店主有时要求合照，从前我来者不拒，后来听到很多人投诉，看到我的照片才去吃的，怎么知道东西咽不下喉？

被冤枉多了慢慢学乖了，一进门就要求拍照时，我会说等吃完再拍好了，如果难吃的，就一溜烟跑掉，东西好吃，我则会很乐意地和他们拍照。

有时候，怎么也避免不了，去了一个饮食人的聚会，多人要合拍，也一一答应了，第二天便被贴在店外。当今，在这种情形，我多数不笑，所以江湖上已传出，要看到照片上我笑的才好去吃，这也是真的，没有说错。

有时我还会主动，要是东西好吃，我请厨房的所有同事都出来合拍，看见有些服务员站在一边不敢出声，我也一一向她们招手。

拍全体照最费时，通常他们要我坐下，然后一个个加入，我左等右等，大家还是没有排好位置！吃亏多了，就要求大家先摆好姿态，留中间一张空凳，等到最后我才坐上去，年纪愈大愈珍惜时间。

合照可以，握手就免了吧。我最怕和人握手了，对方的手总是湿腻腻的，握完就要去洗一次手，洗多了脱皮，也变成了洁癖。很怕握手，但对方伸出来，拒绝了很不礼貌，我多数拱拱手，作抱拳答谢状，向各位说："当今已不流行握手了。"

从前有过一阵子，听别人说不如叫那些要合照的人捐一些钱做慈善吧，我叫助手拿了一个铁筒收集，也得过不少零钱，至今嫌烦，不如自己捐吧。

在香港的街上，遇到游客要求合照，我当然也没拒绝过，当自己是一个旅游大使，为香港出一分力也是应该的，烈日和寒冷天气下，我还是会容忍。

要求之中，最讨厌的是"自拍"了，所有自拍，人都要靠得极近，对方又不是什么绝色佳人。而且，一自拍，人头一定一大一小，效果不会好的，通常我会请路过的人替我们拍一张算数。

遇到自己喜欢的人，我也会像小粉丝一样要求合拍，对方若拒绝，也会伤心，但好在没有发生过这种情形，因为我的态度是极诚恳的。

最后一次，是在飞机上遇到神奇女侠盖尔·加多（Gal Gadot），她很友善，点头答应，微笑着合拍了一张。

想起一件往事，拍《城市猎人》时，从日本请来了当时被誉为最漂亮的日本女明星后藤久美子，在香港遇到影迷时被要求合照，大多数日本的明星会拒绝，不拒绝经纪人也会教他们拒绝，久美子也不肯合照，成龙看到了说："他们是米饭班主呀。"

后来久美子遇到影迷，也都笑脸迎人了。

跟古人学快乐，快乐其实很简单

古人有四十件乐事：

一、高卧	二、静坐	三、尝酒	四、试茶
五、阅读	六、临帖	七、对画	八、诵经
九、咏歌	十、鼓琴	十一、焚香	十二、莳花
十三、候月	十四、听雨	十五、望云	十六、瞻星
十七、负暄	十八、赏雪	十九、看鸟	二十、观鱼
二十一、漱泉	二十二、濯足	二十三、倚竹	二十四、抚松
二十五、远眺	二十六、俯瞰	二十七、散步	二十八、荡舟
二十九、游山	三十、玩水	三十一、访古	三十二、寻幽
三十三、消寒	三十四、避暑	三十五、随缘	三十六、忘愁
三十七、慰亲	三十八、习业	三十九、为善	四十、布施

从前，大部分都不要钱的；当今，当然没那么便宜，谈的只是一个观念。

高卧，睡个大觉，不管古今，大家都喜欢，可是都市人很多睡得不好，只有吞安眠药去。静坐都市人谈不上，我们劳心劳力，坐不定的。

尝酒可真的是乐事，现在已可以品尝各种西洋红白酒，较古人幸福得多。试茶人人可为，不过茶的价钱被今人炒得不像话，什么假普洱也要卖到几千几万，拍卖起来甚至到百万元，实在并非什么雅事。

阅书的乐趣最大，不过大家已对文字失去兴趣，宁愿看图像，连最新消息也要变成什么动新闻，看得十分痛心。

临帖更是不会去做。对画？对的只是漫画。

诵经只求报答，求神拜佛，皆有所求。《心经》还是好的，念起来不难，得个心安理得，是值得做的一件事。

咏歌？当今已变成去唱卡拉OK了。真正喜欢音乐的到底不多，鼓琴更没什么人会去玩了。

焚香变成了点烟熏，化学味道一阵阵。檀香和沉香等已是天价，并非人人烧得起的。

最难的应该是莳花了。莳花这两个字是栽花种花，整理园艺，栽培花的品种，当今只是情人节到花店买一束送送，并非古人的“莳花弄草卧云居，漱泉枕石闲终日”了。

候月？今人不会那么笨，有时连头也不抬，月圆月缺，关吾何事。

听雨吗？雨有什么好听的？今人怎会欣赏宋代蒋捷的“少年听雨歌楼上，红烛昏罗帐。壮年听雨客舟中，江阔云低、断雁叫西风。而今听雨僧庐下，鬓已星星也。悲欢离合总无情，一任阶前、点滴到天明”？

望云来干什么？要看天气吗？打开电视机好了。

瞻星？夜晚已被霓虹灯污染，怎看也看不到一颗。有空旅行去吧，在沙漠的天空，你才会发现，啊，怎有那么多。

“负暄”这两个字有两种解释：一向君王敬献忠心，很多人以为这两个字是这样的，不知道它还有第二个解释，即是在冬天受日光曝晒取暖，这才是真正的乐事。

赏雪吗？今天较幸福，一下子飞到北海道去。

看鸟去是不敢了，有禽流感呀。

观鱼较多人做，养鱼改改风水，挡挡灾。不然养数百数千数万的锦鲤，发财喽。

漱泉吗？水被污染得那么厉害，怎么漱？就算有干净的泉水，也被商人装成矿泉水去卖，剩下的才用来当第二十二条的濯足。

倚竹？当今只有在植物公园里才看到竹，普通人家哪有花园来种？抚松也是，只能在辛弃疾的诗中联想："昨夜松边醉倒，问松我醉何如？只疑松动要来扶，以手推松曰：去。"

远眺，香港的夜景，还是可观的。

俯瞰，从飞机的窗口看看香港的高楼大厦吧。

散步还是一项便宜的运动，慢跑就不必来烦我了。

今人怎有地方荡舟？有点钱的乘游轮看世界，没有的只好来往天星码头。

早上学周润发爬山的好事，至于玩水，香港的公众浴池有些人会在中间小解的。

访古最好当然去埃及看金字塔了，寻幽就要到约旦的佩特拉看红色的古城。

当今人真幸运，旅行又方便又便宜，天热可往泰国消暑，又有按摩享受；天寒到韩国去滑雪，又有美味的酱油螃蟹可食。

第三十五的随缘已涉及哲学和宗教了，大家都知道，但大家都做不了。第三十六的忘愁也是一样。

第三十七的慰亲赶紧去做吧，要不然有一天会后悔的。

第三十八的习业是把基本功打好，经过这段困苦而单调的学习过程，一定懂得什么叫谦虚。

最后的两件为善和布施尽量去做，如果不是富翁，在飞机上把零钱捐给联合国儿童基金会吧。

有个爱人终老，是最大的幸福

家父的友人，近年来也都相继去世。

印象最深刻的是张先生。

张先生患眼疾，开了几次刀都没医好，要戴一个很厚的眼镜才能看到东西，双眼被镜片放得很大，老远，就看见他的眼珠。

为了报答他对双亲的友谊，我到处旅行走过玻璃光学店，就替张先生找放大镜。张先生一生喜欢吃东西，凡有新菜馆开张，他必去试。看不见菜单点菜，对他来说是件痛苦的事，所以他需要一个携带方便的放大镜，倍数越大越好，我买过几个精美的送他，他很感激。

每个星期天早上，张先生在公园散完步，便来家坐，一看到我，拉着我们整家人去吃早餐。

张先生的早餐不止牛油面包，是整桌的宴席，鱼虾蟹齐全，当然少不了酒，他总从车厢后拿出一瓶陈年白兰地，家母、他和我三人，一大瓶就那么报销了。

“别刻薄自己。”是张先生的口头禅。

退休之后，他把家中收藏的张大千、齐白石一幅幅地卖掉，高薪请了一个忠心的司机，要去哪里，就去哪里。最爱逛的，当然是菜市场，把新鲜材料买回来，亲自下厨。

我常喜欢说的那个牛鞭故事，就是他告诉我的。

什么？你没听过那牛鞭故事。好，我慢慢说给你听。

张先生和儿子媳妇住在一间大屋子里，一切安好，但最令张先生受不了的，就是他儿媳妇爱大声叫床，一星期和儿子搞几晚，闹得张先生睡不着觉。

开始小小的复仇计划，张先生纸菜市场买了一条牛鞭，叫媳妇做菜。

“怎么煮法？”媳妇问。

“洗干净后炸一炸就是，油要多。”张先生说。

媳妇烧滚了油锅，把牛鞭放了进去。

突然，那条牛鞭膨胀了数倍，像一条蛇，张口噬来。媳妇吓得大叫哀鸣，失声了几天。

张先生哧哧偷笑，从此得到数夜的安眠。

家里说是富裕也谈不上，张先生一直在大机构打工，身任高职，不愁吃不愁穿就是，但多年下来的储蓄，再加上对股票市场的眼光，让他有足够的钱一直吃喝玩乐。

戴在他左手食指上的是一颗碧绿的翡翠，张先生回忆，是石塘咀的一位红牌阿姑送给他的。年轻时，张先生的诗词认识，令她倾倒。红牌阿姑去嫁人，对他念念不忘，把戒指留给他做纪念。

“凡是人，都有情。”张先生说道，“妓女淑女，应该一视同仁。”

张太太也知道丈夫的风流史，她很贤淑地依偎在他身边，常说：“回家就是，回家就是。”可惜，她比张先生早走了。

过了一年，张先生向儿女们宣布：“我需要一个女人。”

儿女反对。

张先生一生没说过粗口，但他对他们说：“我又没用你们的钱，你们反对个鸟！”

他把情人带到我们家里时，大家吓得一跳，是个二百多磅的肥婆，但样子甜，还算年轻。

“在酒吧认识的。”张先生告诉家父。

“她怎么肯跟你？”爸爸趁她走开时问。

张先生说：“我问她一个月赚多少钱？她说一万块，我给她两万，就那么简单。”

“那么多女的都可以给两万，为什么选中她？”问题的言下之意是为什么选中一个肥婆？

“我注意了她很久。”张先生说，“只有她不肯和客人睡觉，也许是她那么胖，没有人肯跟她睡觉。”

肥婆走回来，拿了开水，定时喂张先生吃药，他拍拍她的手臂，说声谢谢，透过那副厚眼镜，充满爱意地用大眼睛望着她。

“你先回家，我再和蔡先生谈一会儿就回来。”

说完，张先生请司机送新太太，并问司机吃过饭没有，塞了一些小费给他。

“儿女们开家庭大会。”张先生说，“派代表来向我提出条件，说在一起可以，但是不能生小孩，免得分家产时麻烦。”

“你还能生吗？”爸爸对这个老朋友不必客气。

张先生笑了：“我事先跟她说不用做那回事的，只是想晚上有个人抱抱。既然要抱，就要选一个大件的喽。后来抱呀抱，摸呀摸，两个人搞得兴起，就来一下喽。”

我们笑得从椅子跌地。

“已经把一切安排好了。”张先生说，“我走后她每个月还是照样领取两万，一年多二十巴仙（百分之）的通货膨胀，直到她自己放弃为止。”

张先生的葬礼很铺张，是儿女们要的面子，我正在外国工作，事后家父才告诉我的，没有参加，心很痛。

家父说葬礼中只有两个人哭泣，司机和肥婆。

一生裁缝，裁缝一生

监制的电影之中，我曾经亲自参与服装设计的也不少。很久之前，张曾泽导演的《吉祥赌坊》是其中之一。

当年卖中国丝绸的地方不多，到油麻地的“裕华百货”去挑，替女主角何琍琍选了十多件民初装，根据衣样的三种花纹的颜色，绲上三条衬色的边，非常好看。

男主角岳华的长衫，大胆地用西装料，中国丝绸太薄，容易皱，用了西装料，长衫笔挺，加在颈项上的那条围巾，也做得特别长，以配岳华五尺十一寸的身高。

料子买完后便去找高手胡师傅，他是当年最好的上海裁缝，两人研究了半天，又半天，再半天。

胡师傅处，存有种种的粗边料子，上面的刺绣手工，已非近人有能耐做到的。但太阔的绲边会影响整件衣服的色调，本来衬布景的颜色，弄得不调和，便显得整件衣服不安详了。又有些服装是用来拍动作戏的，也须胡师傅放阔肩宽和裤裆。大致的设计完成后，胡师傅开始替演员度身。

这一量，可量得真仔细。

身长前，身长后，前奶胸，背长，前小腰，后小腰，前中腰，后中腰，前下腰，后下腰，下摆，开叉，肩宽，挂肩，袖长，袖口，领大，领前高，领后高，胸扎，裤长，腰大，直裆，横裆，脚管。

一量要量二十五个部位，才算略有准则。当然，初步完成后还要穿在演员身上，做精密地修改。

当年这部片子大卖钱，许多东南亚的观众特地跑来香港做衣服，要求和何琍琍穿的一模一样。

和胡师傅失去联络已久，是因为听到同行说他已经不做，再也找不到他了。

一次我在油麻地找一间炖奶店试食，偶然碰到他，大喜。

“你还在替人家做旗袍吗？”我问。

“当然。每年香港小姐穿的，还是我做。”胡师傅人矮，又清瘦，说话小小声。粤语这么许多年来还是不准，我们用普通话交谈。他还是那么不苟言笑。

“为什么人家告诉我你退休了？”

“我们这一行生意越来越坏，能传说少一个师傅，就少一个师傅吧。”胡师傅不在乎地说。

这些同行真可恨。

我们边走边谈，回到他在油麻地宝灵街六号的老店，楼梯口旁的水果摊，还是由那位老太太经营。她认出是我，高兴地打招呼。

走上二楼，胡师傅的老助手来开门，这间狭窄的小房间中，他们一手一脚创造出许多杰作来。

“还记得我们合作的《吉祥赌坊》吗？”我问。

“怎么不记得?”胡师傅兴奋了起来。

“那部片子带来不少生意吧?”

“不，不。”胡师傅一口气说，“人家以为是在裕华做的，都跑到他们那里去，给他们赚饱了。我为什么知道？是因为有些客人的要求刁钻，裕华做不了，还是拿回来给我完成。”

“现在呢？做一件旗袍要多少钱?”我单刀直入地。

“要四千多一点，连工带料。”

二十年前是一千多一件，其他东西已贵了十倍二十倍，胡师傅这里只多了三千，算是合理的了。而且，一件旗袍，只要身材不变，是穿一生一世的。

看见架上有几套唐装衫裤。

“怎么那么小?”我问，“是什么人穿的?”

“说出来你也知道。”胡师傅说，“她就喜欢穿男装，每年总得来做几套。”

记起来了，当年曾经在店里看到这位女扮男装的老人家。来胡师傅这里的客人，不乏江湖中许多响当当的人物。

“喂，胡师傅，你有没有替张爱玲做过衣服?”

他正经地：“张爱玲在香港住的时候还是学生，哪里有钱来找我？她照片上的几件唐装，有的还不错，有的像寿衣。如果经我手，我一定劝她用花一点的料子，看起来便不那么碍眼。”

“林黛呢？你做过吧?”

“做过。”胡师傅回忆，“林黛的腿其实很短，穿起开叉旗袍并不好看；但是衫裤的话，穿上一对加底的绣鞋，人就高了。她腰细，可引诱死人。”

“你替我做的那件长袍，我现在在冬天还穿着到外国去呢！”我说，“一点也没走样。”

“中国人的设计最适用了，长袍的叉开在右边，不像西式大衣开中间。开中间，风就透进来了。”

胡师傅说的，我完全同意。

“这么多漂亮女人，全给你看过，我真羡慕你。”我向胡师傅开玩笑。

“你也见过不少呀。”他说。

“是的，但是比不上你。我干看。你一见面，就拿软尺替人量胸，还是你着数。”我饶舌。

胡师傅笑了，笑得开心。

开一家梦想中的书局

很多读书人的梦想，就是开一家书局，香港的租金贵，令书店一间间倒闭，开书店实在不易，开一家专卖艺术书籍的书店，那就更难了。

我们向冯康侯老师学书法时，常光顾的一家叫“大业”，开业至今已有四十多年，老板叫张应流，我们都叫他为“大业张”。

店开在史丹利街，离开“陆羽茶室”几步路，饮完茶就上去找书，什么都有，凡是关于艺术的：绘画、书法、篆刻、陶瓷、铜器、玉器、家具、赏石、漆器、茶等，只要你想得到，就能在“大业”里找到，全盛时期，还开到香港博物馆中等地好几家呢。

喜欢书法的人，一定得读帖，普通书店中卖的是粗糙的印刷物，翻印又翻印，字迹已模糊，只能看出形状，一深入研究就不满足，原作藏于博物馆，岂能天天欣赏？后来发现“大业”也进口二玄社的版本，大喜，价虽高，看到心爱的必买。

二玄社出的也是印刷品，但用最新大型摄影机复制，印刷出来与真品一模一样，这一来，我们能看到书法家的用笔，从哪里开始，哪里收尾，哪里重叠，一笔一画，看得清清楚楚，又能每日摩挲，大叫过瘾。

大业张每天在陆羽茶室三楼六十五号台饮茶，遇到左丁山，从他那里传出年事已高，有意易手的消息，听了不禁唏嘘，那么冷门的艺术书籍，还有人买吗？还有人肯传承吗？一连串问题，知道前程暗淡的，有如听到老朋友从医院进进出出。

忽然一片光明，原来“大业”出现的白马王子，是当今写人物访问的第一把交椅的才女郑天仪。

记得苏美璐来香港开画展时，公关公司邀请众多记者采访，而写得最好的一篇，就只出自她的手笔，各位比较一下就知我没说错。如果有兴趣，上她的脸书@tinnycheng查看就知道，众多人物在她的笔下栩栩若生，实在写得好。

说起缘分，的确是有的。天仪从小爱艺术，这方面的书籍一看即沉迷，时常到香港博物馆的“大业”徘徊，难得的艺术书必用玻璃纸封住，天仪一本本去拆来看，常给大业张斥骂，几乎要把她赶走。

后来熟了，反而成为老师小友，大业张有事，她也来帮忙，有如书店的经理。

当左丁山的专栏刊出后，天仪才知道老先生有出让之意，茶聚中问价钱，大业张出的当然不是天仪可以做到的，因为除了书局中摆的，货仓更有数不尽的存货，一下全部转让，数目不少。

当晚回家后天仪与先生马召其商量，他是一位篆刻家，特色在于任何材料都刻，玻璃杯的杯底、玉石、象牙、铜铁等，都能入印。从前篆刻界也有一位老先生叫唐积圣，任职报馆，是一位刻玉和象牙的高手，也是什么材料都刻，黑手党找不到字粒时，就把铅粒交给他，他大“刀”一挥，字粒就刻出来，和铸的字一模一样，唐先生逝世后，剩下的专才也只有马召其了。

先生听完，当然赞成。天仪也不必在财务上麻烦到他，找到一位志同道合的朋友，各出一半，就那么一二三地把“大业”买了下来。

成交之后，大业张还问天仪你为什么不还价的？天仪只知不能向艺术家讨价还价，大业张是国学大师陈湛铨的高足，又整天在艺术界中浸淫，当然也是个艺术家了，但没有把可以还价的事告诉她。

“接下来怎么办？”我问天仪。

“走一步学一步。”她淡然地说，“开书店的梦想已经达到，而且是那么特别的一家。缺点是从前天下四处去，写写人物，写写风景，逍遥自在的日子，已是不可多得了。”

那天也在她店里喝茶的大业张说：“从日本进货呀，到神保町艺术古籍店走走，也是一半旅游，一半做生意呀。”

大业张非常热心地从口袋中拿出一本小册子，把他交往过的联络人仔细又工整的记录，全部告诉了天仪，等他离开后，我问了天仪一些私人事。

“你先生是宁波人，怎么结上缘的？”

“当年他长居广州，有一次来港，朋友介绍，对他的印象并不深，后来又在集会上见多了几次。有一回我到北京做采访，忽然病了，那时和他在社交网络上有来往，他听到了说要从广州来看我，问我住哪里，我半开玩笑说没有固定地址，你可以来天安门广场相见，后来我人精神了，到了广场，看见他已经在那里站了一天，就……”

真像亦舒小说中的情节。

当今要找天仪可以到店里走走，如果你也是大业迷，从前在那里买的书，现在不想看了，可以拿来卖回给他们。

很容易认出她，手指上戴着用白玉刻着名字的大戒指，出自先生手笔的，就是她了。今后，书店的老板将由大业张改为大业郑了。

父亲的待人接物总是真诚

父亲交游广阔，友人很杂，各类人物皆有，到了新年，送来的礼物不少，有的是一瓶白兰地，那是妈妈喜欢；有的只是十二个鸡蛋，父亲很高兴地收下。这些友人敬重他，可见他平时待人接物总是真诚。

父亲交情最深的是许统道先生，这位南来的商人无铜臭味，家中藏书最多，做生意赚到钱，不惜工本购买所有五四运动以来的初版书，每一本都齐全，后来和出版社及作者本人以通信方式结交为好友，对方需要在内地买不到的西药，他都一一从新加坡寄去。

统道叔留着小髭，总是笑嘻嘻地，他自己的儿女不爱读书，就最喜欢我姐姐和我，从不出借的书一批批让我们搬回家，一星期换一次。

还记得他在炎热的天气下也穿唐衫，小时候以为一定流一身汗，现在才知道他穿的是极薄的丝绸，很透风的。父亲为统道叔家里的藏书分门别类，另外将各大学出版的杂志装订成册，让他喜欢不已。他五十多岁时患病，最放不下心的就是这几万本的书，父亲在病榻中和他商量，捐给大学，统道叔才含笑而去。

到了星期天，如果不去统道叔那里，就在家宴客，母亲和奶妈烧得一手好菜，吸引了不少文人，像郁达夫先生就是常客，父亲收藏了他不少墨宝。后来郁风来港，刚好父亲也来我家中小住，知道郁风女士要出版郁达夫全集，就把郁先生在南洋的所有资料都送给了她。

有时也开小雀局，刘以鬯先生常来打牌，当年他写《南洋商报》的专栏写得真好。一群作家都喜欢来家聊天，包括了从福建泉州来的姚紫，原名郑梦周，写过二十四本小说，《秀子姑娘》在报上连载时很受读者欢迎，另一部《咖啡的诱惑》也被拍成电影。

作家的形象本来应该像刘以鬯先生那样斯斯文文，但姚紫先生皮肤黯黑，两颗门牙突出，满脸须根，绝对不会令人联想到他是以文为生。

也不尽是男士，其中有位长得白白，身穿白旗袍的女作家叫殷勤，最爱来家和父亲聊天。她是山西人，从香港来新加坡，在报馆工作，后来去了纽约定居，记得我到那里拍旅游节目时，家父还嘱咐我去探望她，但可惜没时间。

因为任职邵氏公司之故，电影圈的朋友当然很多。明星们来南洋做宣传，也多由家父照顾，白光女士回去之前说来港一定要找她。那么多位演艺圈人士也不能一一拜访，家父在天星码头与她碰上了，对方竟当作不认识，还是我近来才听到姐姐说的。

但家父也不介意，继续照顾来星艺人，有位老一辈的演员兼导演顾文宗先生还来我们家住了很长的一段日子，这传统由我承继，我到香港邵氏公司任职时，顾先生也住在影城宿舍里头，他去世时也由我去把他扶上担架的。

我印象深的还有洪波先生，观众们想不到的是这位专演反派的配角，学问是那么深的，他对角色研究很彻底，在《清宫秘史》中扮演李莲英，但没有奸相，说能坐到那个位子，一定深藏不露。

洪波先生来家里和家父谈中国文学，无所不精，刚好我从学校回来，问我名字，当年我的乳名是“璐”字，他想也不想，就拿起毛笔，以精美的书法在宣纸上写着：“蔡，大龟也；璐，玉之精华。蔡璐，孝者之光辉。”

最后纷失了，真是可惜。

爸爸的朋友，也不尽是名人明星，小人物最多，他欣赏一位很有才华的木工华叔。华叔是广东人，年轻时打架成单眼，他说这很好，看东西才准。过节一定拿东西来相送，我也最喜欢华叔，和他几个儿子成为死党，常到他们家吃咸香煲仔饭，我对粤菜的认识是由他们家学来的。

又有一位黄科梅先生，报馆的编辑，他一早就知道宣传的厉害，说服一家叫“瑞记”鸡饭的老板下广告，结果变为名店，新加坡鸡饭也由此传开。黄先生床上功夫一流，有“一小时人夫”的称号，对方多是欢场女子，有一个极爱看书，买了很多放在床头，黄先生光顾一次就借多册回家，后来两人成为好友。

还有银行家周先生，年老丧妻，把一个酒吧女士加薪双倍请回家照顾他，儿女们大大反对，周先生一气：“钱是老子赚回来的，要怎么花就怎么花！”

真是人生哲学家。

最好的一位还有刘作筹先生，是黄宾虹的学生，一生爱画爱书法，越藏越多，知道我这个世侄喜欢篆刻，就把我介绍给冯康侯老师学治印，买到什么字画一定叫我去看。

到最后，刘先生把所有藏品赠送给香港博物馆，自己过他的吃喝玩乐人生，八十二岁那年，他在新加坡的女子理发院修脸时，安然离去。

还有数不清的友人，待日后才写。

第四部分

把生命浪费在美好的事物上

下棋、种花、养金鱼，都不必花太多钱，

买一些让自己悦目的日常生活用品，也不会太破费，

绝对不是玩物丧志，而是玩物养志。

会玩时间的人，能享受非一般的乐趣

好玩的事物太多了。

抽象的东西也好玩，那就是玩时间。

时间只是人类的一个观念，虽然定为一天二十四小时，但像爱因斯坦所说，上课以及和女朋友谈天，长短不同。

玩时间玩得最好的是香港人。

香港人每一个都忙，但是，要抽时间的话，香港人最拿手，不管多忙，总会挤点出来做自己要做的事。香港人决定自己不忙，就不忙了。

尤其有“97”这个大前提，香港人的步伐已经是世界第一，从前在东京，觉得日本人走路快，后来去了纽约，发现他们更快。

但在日本经济已发展到停顿的地步，一富有便懒了起来，东京人走路慢过香港，纽约更别说，早在二十世纪七十年代，经济衰退，步伐已经蹒跚。

香港人有两个以上的工作的不少，外国游客跳上车，听到司机说早上做警察，晚间当的士司机，吓了一跳，几乎不相信自己的耳朵，但事实如此。

外国人不明白的是我们大多数没有社会保险、医疗费以及退休金的制度，我们的税收虽然低，但一遇到任何事，都自行自决，谁也不会来帮助你。

所以香港人要争取时间，多做点事，多存些储蓄，以防万一。我们自己买自己的保险，自顾安危，包括赚了钱移民，先拿到张居留权再回来做事，也是一种保险。

香港的失业率是一两个百分点，那一两个百分点，不是没事做，而是不想做罢了，这种社会现象我们不当它一回事，但是如果你讲给外边朋友听，他们一定惊讶。

就算不是争取时间来做第二份工作，也要争取时间来休息，来玩，来享受。

实际上如何玩时间呢？

很简单，睡得少一点就是。

大家都说我们需要八小时的睡眠。放屁！这都是医学界的理论而已，我本人长年来每天最多睡六小时，也不见长得像个痨病鬼。

每天赚两个小时，一个月就是六十个小时，等于多活两天半，每年多人家三十天，多好！

除此之外，一个星期熬一两个通宵，也不应该有什么问题。当然熬通宵也有学问，六点放工，七点吃完饭，先睡到半夜十二点，也有足够的五小时，由十二点做自己喜欢的事，做到天亮，多六小时。

这时候，看着窗外天色的变化，先是有点红色，红中带灰，又转为白。远山是紫颜色的，啊！为什么从前没有注意过有紫色的山？

清晨的空气是寒冷的，但是舒服到极点，意想不到的清新，呼唤着你出门。

穿上衣服去散步，到公园去练太极剑，或者，就那么拿一本书坐在树下看，都是乐趣。

话说回来，这种乐趣需要出来做事后才懂得享受，当学生时被迫一早起身上课，一点也不好玩。

到街市去买菜，走金鱼街看打架鱼，雀仔街买鸟，买活蟋蟀给鸟吃。太残忍了，买花去吧。

早晨的世界，是另外一个世界。

由寂静中听到车辆行动的声音，偶尔来些鸟啼，有时还听到公鸡在叫哩。

生活在早晨的世界的又是另一种人类，他们面孔安详，余裕令他们的表情无忧无虑，他们是健康的、活泼的。

相反地，深夜的世界又是另一个世界。大家是那么颓废、萎靡，但又能看出享受的满足感。

这两种人，都是过着单调、刻板、所谓“正常”生活的人感到陌生的。

早起、迟睡、赶通宵一多了，人就容易疲倦，这也是必然的。克服的办法是英文中的“猫睡”，像猫一样地随时随地打瞌睡。

只要你睡眠不足，便会锻炼出这种身体功能。尽管利用时间睡觉，一上车就闭上眼睛，像把插头由电源里拔掉，昏昏大睡，目的地到达，即刻会自动地醒来，又像是把插头插回去，活生生的，眼也不肿。

中年吃完饭，也能坐在椅子上入睡，算好开工时间，有半小时就半小时，五分钟也不拘。

会玩时间的人不懂得同情失眠的！失眠就失眠，不能睡就让他不睡。看你不睡个三四天，自然闭上眼睛。长期下来，学会猫睡也说不定。

不花时间在睡觉的人多数是健康的，他们已经把睡眠当成一种福分，一种享受，哪里还有精神去做噩梦？镇静剂、安眠药、大麻、酒精等，一点用处也没有。

消夜是最大的敌人，尽量避免，否则多想熬夜也熬不住。一定要吃，就喝点汤吧。随时把汤料扔进一个慢热煲，准备一碗广东汤，享之不尽。

咖啡可免则免，咖啡只能产生胃酸，说到提神，茶最好，中茶洋茶，香片、龙井，什么茶都不要紧，但上选还是普洱，再多也不伤胃。

早餐倒是重要的，懂得玩时间的人总能抽空为自己准备一顿丰盛的早餐，再不然，找不同东西吃也是乐趣。今天吃粥，明朝吃面，吃点心、吃街边的猪肠粉、豆浆油条的店铺，用心找一定找得到，再来一屉小笼包，或再来碗油豆腐粉丝，总之要吃得饱，吃得饱才有体力支持，早晨吃饱和消夜相反，只会精神不会打瞌睡。

玩时间玩成专家，可以做的事太多了，说不定其中有几样是生财之道。不过最重要的是学会在做爱的时候把时间拉得长一点，一下子就完蛋的话，专家也给人家骂。

不玩对不起自己

很多年前，我写了一本书，叫《玩物养志》，也刻过同字闲章自娱，拿给师父修改。

“玩物养志？有什么不好？”冯康侯老师说，“能附庸风雅，更妙，现代的人就是不会玩，连风雅也不肯附。”

香港是一个购物天堂，但也不尽是一些外国名牌，只要肯玩，有心去玩，贵的也有，便宜的更可随手拈来。

很佩服的是苏州男子，当他们穷极无聊时，在湖边舀几片小浮萍，装入茶杯里，每天看它们增加，也是乐趣无穷。我们得用这种心态去玩，而且要进一步地去研究世上的浮萍到底有多少种类。从浮萍延伸到植物，甚至大树，最后不断地观察树的苍梧，为它着迷。

研究的过程中，我们会看很多参考书，从前辈处得到宝贵的知识，就把那个人当成了知己。朋友就增多了。慢慢地，自己也有些独特的看法，大喜，以专家自称时，看到另一本书，原来数百年前古人已经知晓，才懂得什么叫羞耻，从此做人更为谦虚。

香港又是一个卧虎藏龙地，每一行都有专家，而怎么成为专家？都是努力得来。对一件事物发生了浓厚的兴趣，怎么辛苦，也会去学精，当你自己成为一个或者半个专家后，就能以此谋生，不必去替别人打工了。

教你怎么赚钱的专家多得是，打开报纸的财经版每天替你指导，事业成功的老板更会发表言论来晒命。书店中充满有钱佬的回忆录和传记，把所有的都看遍，也不见得会发达。

还是教你怎么玩的书，更为好看，人类活到老死，不玩对不起自己。生命对我们并不公平，我们一生下来就哭，人生忧患识字始，长大后不如意事十常八九，只有玩，才能得到心理平衡。

下棋、种花、养金鱼，都不必花太多钱，买一些让自己悦目的日常生活用品，也不会太破费，绝对不是玩物丧志，而是玩物养志。

玩物并不丧志，养志还能赚钱

我在内地和友人谈起生活之道，经常的反应是：“你有钱，所以有条件培养种种兴趣，我们做不到。”

一直强调的是兴趣与钱虽然有点关系，但是并非绝对。像种花养鱼，可由平凡的品种研究，所费不多。读书更是最佳兴趣，目前的书籍愈卖愈贵是事实，但绝非付不起的数目。而且，图书馆免费地等你。

重复又重复地说，兴趣可以变为财富，一种东西研究到深入，就成专家，专家可以以新品种来换钱，至少也能写文章赚点稿费。

钻了进去，以为自己知识很丰富时，哪知道已经有人研究得比自己还深，原来七八百年前已写过论说，便觉自己的无知与渺小，做人也学会了谦虚。

另一方面，身边朋友少一点也无关紧要，我们可以把古人当老师，他们的著作看得多了，又变成他们的朋友。

一大早到花墟的金鱼市场观察鱼类，下来到雀鸟街看哪一只鸟啼得最好听，最后逛花街，看什么是由什么国家输入，都是一个很好的开始。

前几天的副刊中也教过人种兰花，只要一百块就可以买到五盆廉价的兰花，经半年的精心培植，身价一跃到四百八十一盆，足足有十六倍之多。

故玩物并不丧志，养志还能赚钱，何乐不为？问题在于你肯不肯努力，肯不肯花心机。不但养志赚钱，还可以用来媾女。

近来政府不知为什么那么好心，把街上每一棵树都用小板写了树名钉在干上，我认为这是他们做的唯一好事。

独自散步时把每一棵树的树名牢牢记下，一分钱也不必花。等到和有品位的女友拍拖时，把树名一棵棵叫出，即刻加分，为媾女绝招，不可不记。

诗词和对联越简易越好

谈起诗词，又发雅兴。

丰子恺先生游四川时，得到两粒红豆，即作画题诗赠友人，诗曰："相隔云山相见难，寄将红豆报平安。愿君不识相思苦，常作玲珑骰子看。"

我喜欢的诗词和对联，都是愈简易愈好。有的更像日常对白，像"吾在此静睡，起来常过午。便活七十岁，只当三十五。"

梅兰芳先生赠演员友人的是："看我非我，我看我，也非我；装谁像谁，谁装谁，谁就像谁。"

蒋捷的《虞美人》也易懂："少年听雨歌楼上，红烛昏罗帐。壮年听雨客舟中，江阔云低、断雁叫西风。而今听雨僧庐下，鬓已星星也。悲欢离合总无情，一任阶前、点滴到天明。"

纳兰性德的词也浅易："明月多情应笑我，笑我如今。辜负春心，独自闲行独自吟。近来怕说当时事，结遍兰襟。月浅灯深，梦里云归何处寻。"

郑板桥远浦归帆亦曰："远水净无波，芦荻花多，暮帆千叠傍山坡。望里欲行还不动，红日西矬。名利竟如何？岁月蹉跎，几番风浪几晴和。愁水愁风愁不尽，总是南柯。"

龚定庵的诗是："种花只是种愁根，没个花枝又断魂。新学甚深微妙法，看花看影不留痕。”

到过年，写春联，意头好的很受欢迎，但淡淡的哀愁更有诗意，代表作有：“处处无家处处家，年年难过年年过。”

也有：“翠翠红红处处莺莺燕燕，风风雨雨年年暮暮朝朝。”更有：“月月月圆逢月半，年年年尾接年头。”

简易诗词受人们爱戴，三岁小孩也懂的诗，一定流传古今，绝不会被时间淘汰，典型例子就是“床前明月光”。

好茶好酒，应配好诗好词

好酒之人当然喜爱喝酒之诗词，但也要不太难懂为上选。

白居易诗：“当歌聊自放，对酒交相劝。为我尽一杯，与君发三愿。一愿世清平，二愿身强健。三愿临老头，数与君相见。”

稼轩词：“一醉何妨玉壶倒。从今康健，不用灵丹仙草。更看一百岁，人难老。”

李东阳诗较涩：“梦断高阳旧酒徒，坐惊神语落虚无。若教对饮应差胜，纵使微醺不用扶。往事分明成一笑，远情珍重得双壶。次公亦是醒狂客，幸未粗豪比灌夫。”

陆龟蒙的香艳：“几年无事傍江湖，醉倒黄公旧酒垆。觉后不知明月上，满身花影倩人扶。”

陈继儒写景：“群峰盘尽吐平沙，修竹桥边见酒家。醉后日斜扶上马，丹枫一路似桃花。”

李白最浅白：“两人对酌山花开，一杯一杯复一杯。我醉欲眠卿且去，明朝有意抱琴来。”

最壮烈的酒对子是洪深作的：“大胆文章拼命酒，坎坷生涯断肠诗。”

好酒诗词，必配上好茶诗词，才完美。

白居易有：“坐酌泠泠水，看煎瑟瑟尘。无由持一碗，寄与爱茶人。”

杜耒的有：“寒夜客来茶当酒，竹炉汤沸火初红。寻常一样窗前月，才有梅花便不同。”

苏轼的《望江南》：“休对故人思故国，且将新火试新茶。诗酒趁年华。”

茶的好对联有：“青山个个伸头看，看我庵中吃苦茶。”

将酒和茶糅合得最好的是苏东坡的：“宛如银河下九天，钢斧劈开山骨髓，轻钩钓出老龙涎，烹茶可供西天佛，把酒能邀北海仙。”

还有长联曰：“为名忙为利忙忙里偷闲喝杯茶去，劳心苦劳力苦苦中作乐拿壶酒来。”

以猫为主人，猫才可爱

弟弟家里三十多只猫，每一只都能叫出名字来，这不奇怪，天天看嘛。我家没养猫，但也能看猫相，盖一生人皆爱观察猫也。

猫的可爱与否，皆看其头，头大者，必让人喜欢；头小者，多讨人厌。

又，猫晚上比白天好看，因其瞳孔放大，白昼则成尖，有如怪眼，令人生畏。

眼睛为灵魂之窗，与人相同。猫瞪大了眼看你，好像知道你在想些什么，但我们绝对不知猫在想些什么，这也是可爱相。

胖猫又比瘦猫好看。前者贪吃，致发胖；后者多劳碌命，多吃不饱，或患厌食症。猫肥了因懒惰，懒洋洋的猫，虽迟钝，但也有福相；瘦猫较为灵活，但爱猫者非为其好动而喜之，否则养猴可也。

惹人爱的猫，也因个性。有些肯亲近人，有些你养它一辈也不理你。并非家猫才驯服，野猫与你有起缘来，你走到哪里它跟到哪里，不因食。

猫有种种表情，喜怒哀乐，皆可察之。喜时嘴角往上翘，怒了瞪起三角眼。哀子之猫，仰天长啸；欢乐的猫，追自己的尾巴。

猫最可爱时，是当它眯上眼睛，眯与闭不同，眼睛成一条线。

要令到猫眯眼，很容易，将它下颌逆毛而搔，必眯眼。

不然整只抱起来翻背，让它露出肚皮，再轻轻抚摸肚上之毛，这时它舒服得四脚朝天，动也不动，任君摆布。

不管是恶猫或善猫，小的时候总是美丽的，那是因为它的眼睛大得可怜，令人爱不释手。也许这是生存之道，否则一生数胎，一定被人拿去送掉。

要看可爱的猫，必守黄金教条，那是它为主人，否则任何猫，皆不可爱。

最大的满足，莫过于把猫搞睡了

最大的满足，莫过于把猫搞睡了。从不听话的大头猫走到我脚边，我先用手抓抓它的头毛，便躺了下来。

这时用脚轻轻地踏它的背部，一面踏一面把它的背往前推，推到它露出腹部为止。

肚子的毛，有些往前长，有些向后生，只要以逆方向摸去，它就会感到非常舒服。

为猫按摩，千万不要只注重一个部位，踏腹时要顾及颈底。指压肚子每隔三分钟便勾一勾颈底毛，这时它一定闭上眼睛。

别以为它已睡去，继续摸它头顶头毛好了。这时它的眼一开一闭，就可以回到摸背部，要不断地摸，摸到它认为为什么你不摸其他部位？

大头猫忽然两手向前直指，双腿往后蹬去，做一个伸懒腰的姿势，表示朕满足也。

然后，大头猫干脆翻背，四脚朝天，打开腹部，表示已经完全不设防了。它完全信任你，但命令你再次做腹部按摩。

顺毛摸、逆毛摸，愈摸愈过瘾，它的眼睛紧闭，肚子发出咕咕的声音。

这时并不熟睡，一定要把它弄醒。大力按或拍都是下下招。唤醒猫，最好的办法是轻轻动动它的长须。

猫在夜间猎物，除了它那对放圆的瞳孔，还靠胡子去感觉。这是它全身最敏感的部位，平时摸去，猫非发怒不可，咬你一口，绝不客气。

当它最满意时摸它的胡子，等到大头猫一张开眼睛，就要即刻摸它的腹毛，眼睛就会闭上。

此动作不断重复，摸肚子摸胡子，摸胡子摸肚子，至猫疲惫不堪，怎么摇也摇不醒为止，大功告成。

你家有猫，不妨试试看。

那些蜻蜓带给我的快乐

每年的八月初，窗外蜻蜓满天飞，多得数不清，煞是好看。

在西方，蜻蜓给人的印象并不十分好，挪威人和葡萄牙人都叫蜻蜓为“割眼睛的东西”，只有我们认为它是益虫，专吃讨厌的蚊子。

它孵化的过程可能维持三至五年，但一脱壳长成后，只有六个月的寿命，一生整天飞，整天玩，真好。

越南人从蜻蜓得到生活的智慧，他们说：“高飞的蜻蜓，表示天晴，看到低飞的就要下雨，飞在不高不低处，天阴。”

当顽童时，不懂得珍惜生命，常抓到一只，用母亲的缝衣线绑着，当成活生生的风筝来玩，现在想起，罪过罪过。

一两只，并不好看，多了，才有趣。一次在曼谷的东方文华酒店河畔，有无数的蜻蜓在飞，仔细观察，才知道它可以在空中静止。随风飘荡，气流一低，迫得下降时，只要微微振那透明的双翼，又升起。

不止能停，蜻蜓是唯一一种飞行动物能倒后飞，也可以左右上下飞，如果科学家在它身上得到灵感，也许能够创造出一架比直升机更灵活的交通工具来。

当蜻蜓在空中静止时，我看到湄公河上的船只航过，不久，又退回来；再前进，再退回，原来是河水注入海里时，海水高涨发生的现象。

蜻蜓还有复眼，两颗大眼球中包着无数的细眼。利用这个原理，当蜻蜓停下，我们轻轻走近它，用手指在它的眼处打圆圈。眼睛一多，看得头晕，这时就可以把它抓住。在日本长野县拍《金燕子》一片的外景时，男主角大闹情绪，吵着要回香港，我教他用这个方法抓蜻蜓，果然灵验。一好玩，脾气不发了，电影继续拍了下去，这是我喜欢讲的蜻蜓故事，回放又回放，今天看到蜻蜓，又说一次。

但是最羡慕蜻蜓的，还是它们能在空中交尾，如果人生之中能来那么一次，满足矣。

树可交友，人可深交

每逢星期一早上，又是香港电台第一台的《晨光第一线》打电话来聊天的时候，听众说不知不觉，已有十年时光吧？我的感觉，则有廿年以上了。

大家都成了老朋友，讲者与听者。主持人问我有没有时常打一个电话问候故交。从前倒是做这事，尤其是打到外国。近年已少，因为友人有了电邮，发个短讯较多。

谈到老友，我说除了人可做朋友，树也行。像今天谈电话时，由家中窗口望下，路边的树头开满白花，盛放为一片花海，实在漂亮，我就俯首向花问好。

这种树香港人给了一个很俗气的名字，叫树头菜。本名为鱼木，较为文雅。虽说鱼木是由热带亚洲地区引进的，但我在南洋成长，又到过各地旅行，甚少看见这种树，香港生得特别旺盛，是福气。

树可长得十五米高，冬天叶子全部掉落，光秃秃的。等到春天到来，又在清明雨纷纷之后，花就开了。起初呈白色，花蕾紧接新叶长出。是花是叶？分辨不出来。仔细观察，花瓣里面有红色的花丝。花能盛开二至三星期，还没变黄，落得满地，不逊樱花。

学名应该是石栗，因为花落后长满肉质多汁的果实，成熟后变硬，故称之属于白花菜科。

南洋人叫Bua Karat，不知道是不是石栗？如果是的话，则可以舂碎后，成为煮咖喱的香料之一种。这一点，还要求证才行。

一看到鱼木开花，就想起十三妹，她的散文中提起此树。因为她是第一个在香港拥有大量读者的专栏作家，我当她为祖，像木匠供奉鲁班、豆腐匠拜刘安一样。

树可以做朋友，故人也能成为深交。十三妹从来没见过面，但当她是知己。在鱼木开花的时候，是我思念她的时候。

参加印展，体味方寸乾坤

从珠江三角洲返港，休息一个晚上，第二天到澳门去看看业务，又去参加早前民政总署举办的“方寸乾坤”展览会。

地点开在“龙环葡韵住宅式博物馆”，本身就是一个值得去一去的建筑物，古色古香，巨树林立，望着海洋。

这次展览的玺印，由萧春源借出，一共有一百多方，多数是秦朝的。萧先生最爱秦印，连工作室也起名为“珍秦斋”。

别说我们这一群爱好篆刻的，连一般欣赏艺术的人也会大开眼界，展出的铜印、玉印、琉璃印和封泥，皆为稀有，而且非常精美，令我们感叹数千年前，中国人已有那么高深的智慧。

战国时代的玺印，有一枚铜的，分一方一圆一尖三个小印铸在一个印中，叫作“私又生”。

另有一个“心”形的五面印，亦极为珍贵。巴蜀印中，有一方“丧尉”的，字形完整，清晰可读。

秦印最多，“阳初”那两个字刻得很美，那时代的人对印文的构图，已要求极高。

印的形状各有不同，有的以“带钩”出现，等于是我们皮带中那个扣子，铸成了印，随身携带，用起来方便。

有的是活动型，可以旋转来盖，可见做官的流水作业，和现代的一样。

到了汉魏南北朝的印，文字更是我们学习篆刻的人的模范，那方“关外侯印”，不知学习刻过多少遍，才对汉印有点认识。

萧先生非常大方，从珍贵的印章中原钤在扇面上，送了我一把。

中国文字由这些古物中保留下来，都还是活生生的，我们在欣赏印文中，一个个字读出来，相信站在旁边的洋人一定惊叹：“数千年的符号，你们还可以认识读出来，这简直是奇迹嘛！”

禅味诗词里的自然之道

和尚诗也不一定是谈和尚，其实有禅味的诗词都应该归于这一类。

关汉卿的小令有："适意行，安心坐，渴时饮饥时餐醉时歌，困来便向莎茵卧。日月长，天地阔，闲快活。"

这种诗词浅易得像说普通对白，不是关汉卿这种高手是写不出的。

苏东坡的绝句，除了那首"庐山烟雨浙江潮"最有禅味，他的脍炙人口的另一首也属于和尚诗："横看成岭侧成峰，远近高低各不同。不识庐山真面目，只缘身在此山中。"

又有禅味又虚幻的有："花非花，雾非雾。夜半来，天明去。来如春梦不多时，去似朝云无觅处。"

晚唐诗僧齐己的自遣诗写着："了然知是梦，既觉更何求？死入孤峰去，灰飞一烬休。云无空碧在，天静月华流。免有诸徒弟，时来吊石头。"

结尾的"石头"，是指盛唐著名禅师石头希迁和尚，死后门人为他建一个塔，时常来凭吊，到底有没有这种必要呢？此诗较为引经据典，但也不难懂。

明朝人都穆的《学诗诗》就易明："学诗浑似学参禅，不悟真乘枉百年。切莫呕心并剔肺，须知妙语出天然。"

又是白居易的禅诗："蜗牛角上争何事？石火光中寄此身。随贫随富且欢乐，不开口笑是痴人。"

苏曼殊的诗："生憎花发柳含烟，东海飘零二十年。忏尽情禅空色相，琵琶湖畔枕经眠。"

司马光笑属下诗："年去年来来去忙，暂偷闲卧老僧床。惊回一觉游仙梦，又逐流莺过短墙。"

说到自然，天然和尚最自然："古寺天寒度一宵，风冷不禁雪飘飘。既无舍利何奇特？且取寺中木佛烧。"

与竹有缘，是人生乐事

去年夏天，和麻特别有缘分，买了好几件小千谷缩布料织成的衣服。小千谷依足数百年传统，抽出麻丝，铺于雪地上，等它缩起来，穿了干爽漏风。

今年夏天，则遇上了竹。

先是由印度尼西亚的玛泰岛买了一张大竹席，铺在床上，睡上去凉意阵阵。

这次去了日本又找到了一个竹片编的抱枕，和古书记载的竹夫人一模一样。

前天去中山的三乡找家私，给我看到一件竹织的背心，大喜，即刻买下。

这是一件穿长衫时用的宝贝，内衣之外加这竹背心，外面再穿白的上衣，最后加长袍，才算有一点像样。

有了这件背心，流汗时衣服才不会黏住身体，古人真有一套智慧，任何事都能克服。

捆住这件竹背心的是普通料子的布边，我嫌平凡，请友人替我拆掉，换绸缎新捆，这件竹背心干干净净，像没人穿过，实在合我心意。

再下来会遇到什么竹子做的东西呢？心目中有一个字纸篓，本来买用一个大紫檀树头挖出来的，但是如果有一个竹编的垃圾桶，我也会很满足的。

写字间里摆了一樽竹雕，保留一大捆竹根当成胡子，竹头上刻了一个慈祥的老头子。

之前有一个，将竹根倒反，竹头上刻着观音，竹根在观音后面，像光线一样四射，造型优美。结果送给了朋友，现在有一点怀念着它，向友人要回来的话，不好意思，看看能不能再找到一个。

新居还没装窗帘，我想到用细竹枝编的帘子，在我国内地和日本都没找到合适的。窗帘用此物遮不住光，我一点也不介意，阳光愈多愈好，竹帘只是装饰。要是再找不到，干脆不用，让太阳叫醒我，是乐事。

享受逛书店的乐趣

逛书局，对我来说是一种人生乐事，是许多在网上购书的人不懂得的。

不爱读书，对书局这个名字已敬而远之。输输声，今天赛马一定赢不了，他们不懂得看书的乐趣，我只能同情。

书有香味吗？答案是肯定的。纸的味道来自树木，大自然的东西，多数是香的。逛书局，用手接触到书，挑到不喜欢的放回架上，看中的带回家去，多快乐！唯一的毛病，是书重得不得了。

在香港，我爱去的书局是"天地图书"，香港九龙各一家，书的种类愈来愈多，当今连英文书也贩卖了。

专卖英文的，有尖沙咀乐道的辰冲书店（Swindon Book），光顾了数十年，入货还是那么精，找不到你要的，请他们订，几个星期便收到。

日文书则在"智源"购买，它的藏书丰富，杂志更是无奇不有，订购货期更是迅速。

在伦敦的话，有整条街都是书局，英文书一点问题也没有。巴黎则只有在罗浮宫对面的Galignani了，买完书到隔几家的Angelina喝杯茶和吃点心，又是一乐。

在内地，书店开得极大，让人眼花缭乱，看得头昏，我只是锁定了要什么种类的书，看到了就买，不见算数，绝对不逛。

逛的意思，是有闲情。书店不能太大，慢慢欣赏，在里面留恋上一小时，才叫逛。

逛，也是只限于熟悉的地方，人也要熟悉，每一间总有一两位百科全书脑袋的店员，请他们找你要而不见的。这些人，是书店的一分子，永远隔不开，少了他们，书店也没资格叫书店了。

当今香港的一些英文书店，为了节省成本，请菲律宾籍店员管理，多数又老又丑，我绝对没有种族歧视，但有时看到她们那爱理不理的表情，心里总咒这家书店执笠（破产）。

人生的路上总要试试未尝过的东西

谈到抓蝉，想起很多年前我在京都和一个友人去捕蝉的事。

炎热的夏日，我们在杉林中散步，笔直的树身，阳光经薄雾射下，一幅幅构图极优美的画面。

朋友走到长满羊齿植物的山边，拨开树叶，抓到他的第一只蝉。

把蝉装进一个布袋，继续前走，蝉在里面大叫，鸣声引起左边右边的树上的蝉噪。

找到一棵不太大又不太小的树，友人拿着他带来的棒球棍子，大力往树干敲去。震动之下，噼噼啪啪，由树上掉下十几只巨蝉，有的还打中我的头。

朋友随即将它们装入袋中，一路上依样画葫芦，已捕获了几十只，蝉在袋中大叫，我们的耳朵快要被震聋。

走到一旷地，朋友蹲下起火，火势正好时，取出一管尖竹条，将那些蝉一只只活生生串起来，放在火上烤。

一下子，整串的蝉翅着火，身上的细毛也焦了，滴几滴酱油，继续再烤。

阵阵香味传来，我抓了一只细嚼，那种味道文字形容不出。

人生的道上总要试试未尝过的东西。再灌几瓶清酒。

蝉，比花生薯片好吃得多。

赏樱，将美梦一次次地重复

这次横跨日本，遇樱花季节，由开放到凋落。

先是在枯枝中出现粉红色的小点，接着初开，零零落落的，非常孤寂，其中一朵盛开了，旁边的花朵跟着，成为一个花团。

左枝右枝，花团渐密，退几步看，整棵树是花，再远观，一株两株，几百棵几千株，怒放成林。

也有路的两旁伸出横枝，围成一个樱花隧道的，这时已开始飘落，是花雨。

忽然，花林中掺杂了一两棵桃花，鲜红或艳黄。樱花让路，不将它们挤掉，令情景没那么单调，有种种变化。

我们躲开人群，乘船沿河直上观赏，平底舟甚大，可坐二十几人。食物一道道上，喝了清酒，昏昏欲睡，花瓣掉落在脸上，有如美女亲吻。

不消一星期，花掉尽，树回到开花之前的光秃，这时候，又可见一小点，已是绿色，树叶代花。

正为花的逝世伤感，一路北上，再看到粉红色的小点。地区温度的不同，开花时间不一，又能将美梦一次次地重复。

年纪愈大，愈不喜欢看悲剧

年纪愈大，愈不喜欢看悲剧，买了《赵氏孤儿》的影碟已久，还不想去开封。最爱打打杀杀的，机关枪乱扫一轮，过瘾得很，不然科幻动作片的死光枪射来射去，最后来个大爆炸，看完亦可安眠。

“不如去看爱情片吧。”友人说。

爱情片多数是生离死别，留给喜欢看韩国片集的人去欣赏吧。就算没有悲剧成分的美国爱情片，我也不喜欢，他们讲的都是小镇风情，而我对美国的小镇风情，感到十分讨厌，一点共鸣也没有。

如果有选择，我还是觉得意大利的爱情小品好看，前一阵子打开电视，刚好放映一部叫《面包和郁金香》（*Bread And Tulips*），从第一个画面就让我入迷。台湾名《逐梦郁金香》还可以，香港叫《缘来我可以》就乱来。

故事讲述一个中年的家庭主妇，丈夫对她已疲倦，两个儿子也当她可有可无，一次出外，把她遗忘在巴士站上，她无知无觉地跑到了威尼斯，就在那里住下。

在那里她和老房东发生了感情。有一天，她回家了，照样过着那枯燥无味的生活。到最后，老房东来寻找，她得到应得的爱。

片子拍得温馨得很，我就是喜欢这种爱情片，没有泪，只有淡淡的无奈，和大团圆的结果。同一类型的，还有最近才拍的《爱情手册三》，由三个故事组织，每一段都精彩，由于是大制片家罗兰蒂斯的子女们监制，也请到了罗伯特·德罗尼和莫妮卡·贝鲁奇来演一角。不知几时在香港能够上映，内地已有影碟出售了。

不同才好，没必要争个高低上下

“你有没有吃过我们家乡的×××？那简直是天下美味，没尝过实在可惜。”网友常这么向我发表意见。

对这种家乡情结，我只是想说：天下之大，也许有更好的呢？

“不、不、不，那绝对没有可能！”他们又说。

那你有没吃过？没吃过怎么知道？对方已回答不出了。

一有反对意见，即刻伤了他们的自尊心，你说海南菜不好吃，那么整个海南岛的人都会围攻你。

只有回答：不错不错。或者，学洋人的外交辞令：Interesting（有趣）。一说有趣，对方分辨不出你是赞或贬，也就放过你。这句有趣，变成我的常用语。到一些普通水准的餐厅，主人前来问意见，我总是有趣、有趣地回答。

除了有趣，还有一句叫Different（不同），这比较中肯，也不一定是敷衍，各有各的做法，的确不同。

不同才好，为什么一定说自己的东西较别人佳？一比国家的，更是大件事。

法国菜难吃透顶。你一向法国人说，他们一定跳了起来。但你有没有想到法国人来到我们这里，说中国菜不好吃，你有什么反应呢？

不单国家与国家斗，本国人也和本国人斗，东和西斗，南和北争，总之不能批评，没有人会容纳相反的意见。

我妈妈做的菜最好，这我同意。我妈妈是某某地方的人，你说这地方的坏话，就等于污辱我妈妈，这就太过分了。

地域性的根，是拔不起来的。你是四川人，当然说四川菜好。有个台湾人问我："我们的红烧牛肉做得最好，为什么欣赏韩国的？你不是中国人吗？你有没有地域性的分别？"

"有呀。"我说，"我的地域，是这个地球。"

任时光流转，我依然爱经典

什么叫经典，简单来说，就是不会被淘汰的，叫作经典。

网友问我看中文小说，由哪些书读起，我笑着回答：经典呀！什么书才称得上经典？《三国》《水浒》《西游记》《红楼梦》《聊斋志异》等，都是经典，如果想成为小说家的人，连这些书也没看过，甭做梦。

那么金庸小说算不算经典？当然。世界各地的华人都看得入迷，不是经典是什么？内地还没开放时，读者还看手抄本呢。也将一代又一代地相传下去，着实好看嘛。成为经典，唯一的条件就是好看、耐看、百读不厌，各个年代读之，皆有不同的收获。

音乐呢？贝多芬、莫扎特、柴可夫斯基等，他们的交响乐之中，每一次听，都听得出另一种乐器的声音来。学音乐的人，不听这些大师的作品，如何超越？

书法呢？王羲之、颜真卿、米芾、黄庭坚、怀素等人的帖，是必读的，最佳典范，还是看书法百科全书，从篆隶、行书、草书的变化学习。

学篆刻，更少不了研究最基本的汉印，再往上追溯到甲骨文、金文，后来的赵之谦、齐白石、吴让之以及数不完的大师印章，都得一一读之。

绘画方面，得从素描开始，再看古人画，中西并重，方有所成。有了这些经典当基础，才能走进抽象这条路去。

这些你都没有兴趣，要从事时装设计？那也得由古人服装学起，汉服西装都得看熟，创意方起。看希腊石像脚上穿的是那种鞋子，不然你设计了老半天，原来几千年前已经有人想到，羞不羞？

建筑亦同，所以我宁愿入住古老的酒店，好过新的连锁。每一家老酒店，都有风格，皆存有气派，为什么要在个个相同的房间下榻？

食物更是经典的菜式好，人家做了那么多年菜谱，坏的已淘汰，存下来的一定让你满足。不知经典何物，已拼命去Fusion（混合），吃的是一堆饲料而已。

骂我老派好了，我还是爱经典。

别为拖延找借口

亦舒从未脱稿，一交数十篇，当然不会开天窗。

“她是专业作家。”年轻人说，“我们是兼职的，迫不得已才拖稿呀！”

哇，好厉害，好像“迫不得已”是一个天大的理由。

年轻人怎么没有年轻情怀呢？年轻人好胜，你是专业又如何？我要写得比你好！你交稿交得准？我比你更准，这才对呀！

我们写稿，一分一秒都抱着战战兢兢的心态，务必做到最好为止，不然就只有放弃。拖稿不但是这一行最大的罪行，更是原则问题：答应人家的事一定要做到。答应替报纸写稿，岂能因“作者外游，暂停一天”？

外游？哈哈哈哈，这年代谁不外游了？事前不贮稿，临时写也有一样东西叫Fax机呀！也许是稿费低微，在酒店的传真费太贵的原因吧？但年轻时总得从头做起，酬劳也由最基本的，希望一年年升高，怎能看轻自己。

我们谁都有过开始的时候，当年一想到交不出稿，对死线的噩梦是牙齿一颗颗脱落那么恐怖，岂敢为之？那时候的编辑也是恶爷一名，当然不会用一个空白的专栏来做惩罚，但更厉害的是叫一个阿猫阿狗来代写，用原来作者的名字刊登，你拖稿？我就让读者来钉死你！

“其他人都至少有个星期天休息，专栏作者每周停一天可不可以？”我们集体要求。

编辑老爷一听：“放你们一天假，你们这班马骝又乘机写别的稿，不行不行！”各人有各人的做法，你准时交稿，我因事暂停，不用你管，你们的固执和坚持，已过时。

“我们有代沟。”和年轻人交谈时感叹。

“当然啰。”他们说，“怎会没代沟？”

我懒洋洋地说：“我年轻，你老。”

还我青春火样红

搬写字楼，可以多挂几幅字画，感谢何太太送来何先生的珍藏，其中有臧克家的诗，看过一次就念念不忘。

数十年前，与何冠昌先生和邹文怀先生在邵氏做过同事。二位出来创办嘉禾，成绩斐然，但也劳心劳力，头发都白了。后来又有薛志雄任职，加上了我，所有高层人士，皆两鬓斑斑，何冠昌先生有感而发，请臧先生写了一幅字，诗曰：

“自沐朝晖意蓊茏，休凭白发便呼翁。狂来欲碎玻璃镜，还我青春火样红！”多么有气派的一首诗！

生老病死必经，年轻人不懂，引起充满活力的臧先生愤怒。我则认为每一个阶段都是好的，心中宁静，但也被此诗震撼。

臧先生在二〇〇四年二月五日去世，享年九十九，写这幅字时八十三岁。在一九三七年，出版了第一本诗集《烙印》。他的学问的功力很深，毛泽东的诗词，只让他一个人改过，后来他亦提出二十三条毛诗的错处。

家父爱读臧先生新诗，自己也以新诗写作。我年轻时只爱旧诗，不同意家父的看法，在报纸发表文章批评，父亲还不知道这个反叛的青年在他身边。

散文也写得好，臧先生认为要写出一篇让人感动的文字来，自己一定要先感动过。又说写散文不是一件易事，要有四个条件：一、对所写人物和生活要非常熟悉；二、要有强烈的感情；三、要熟练写作技巧，语言优美，富有艺术性；四、对人物的评价要公平。

我认为臧先生的旧诗比新诗好，上述那篇“还我青春火样红”一绝，又有一首写关于散文的：“灵感守株不可期，城圈自锢眼儿迷。老来意兴忽颠倒，多写散文少写诗。”

伊人何处，只有紫藤依旧

很多年前，跟父亲到公园散步，他仔细观赏每一种花朵，一一叫出它们的名字。

我只挂着和女朋友耳鬓厮磨。经过一个花架时，看花朵垂下，像一片紫云。忍不住叫友人站在花中，用双镜头白光的相机，把光圈放大，令前景和背景模糊，焦点只对在她的脸上，拍了一张，冲印出来，她大感满意。

一下子跳到今天，走过九龙花墟，见商店里也摆了这种花，它属爬藤系，卷成一团团出售，价钱便宜，大概是因为香港人都没有花园，只爱能够盆栽的植物。一直为生活奔波，思想成熟后学会偷闲，已经知道这种花的名字，原来叫紫藤。

紫藤的生命力旺盛，种植后很快就蔓延，为求阳光，拼命攀缘，驾驭其他树木，有点像往上爬的年轻人。

山林管理员看到紫藤就斩，以免危害周围植物枯竭，砍下来的藤枝也有用途，可以编篮，其纤维也能织布。但是对人生最有贡献的还是那漂亮的花朵，如铃状，由数百朵紫色小花组成，一串可长达一米以上，四月是它开得最灿烂的时期，引来一群群蝴蝶，漂亮得不得了。

紫藤属于豆荚科，花谢后长出细长扁平的荚，表面上有些细毛。到了秋天，当叶子都枯落时，紫藤的荚还是坚强地留在枝上。

冬天来到，在郊外会听到嘣嘣的声音，那是豆荚裂开后发出的巨响，种子以惊人的力量飞弹到各地，农家的玻璃也试过被它撞碎。

收服紫藤，可以种在家里，从店中买了藤枝，搭个架子让它蔓延，或者把种子种在花钵中，过三四年便开花，但要把花钵放在高处，让树藤有地方垂下，整理时只要剪去新枝就行，不然会爬到隔壁家去。

如今，到了家父当年的年龄，也了解了一些紫藤的习性，但是当年女朋友的名字，倒忘了。

书是最好的旅行伴侣

长途旅行之前，我会预先把好几部还没看过的电影和电视剧放进iPad之中，到了酒店，睡不着，拿来慢慢欣赏。但看电影电视会厌，读书则没这问题，旅行的最佳伴侣，还是重看又重看的金庸小说。

最近常上微博，最多人聊起的是小说中的各位主角。发问的都是年轻人，可见查先生的作品仍有很大的影响力，也知道大家除了电视，还是看书的。

最常提到又最笨的问题为：杨过怎么剃胡子的？请代问金庸先生请教。

哈哈。他只是独臂，又不是双手皆失，也就不答。

也有很高智慧的，探讨人物的内心深处，我一一回复了，从中选出几位，请他们为了当“护法”，挡掉一些脑残的恶言秽语。

看金庸小说的人，有自己的一套语言，他们有各自喜欢的作品，喜爱的角色也人人不同，大家欣赏的角度有别，但讨论起来不会面红耳赤，更没有像拥护偶像一般的争吵。

从大家的言论之中，也可以觉察看小说与看电视剧有很大的分别，高低一下子分别得出。

看了电视剧而找原著来读的不乏其人，相反就寥寥无几。到底，电视剧给我们的是固定的形象，失去了看书的幻想力。

东方的电影电视，编导的知识水平和制作费与西方有很大的距离，但愿有那么一天，能够出现像《魔戒》一样的特技水准，那么旅行时才把书放下，在iPad上一集又一集地追看。

到时，又是不休不眠，回到盖着被单，照着电筒，初看金庸小说时的年代。

闲时逛花市，永远有快乐

又是牡丹的季节，荷兰来的当然很美，但当今运到的是新西兰产，又大又耐开，本来对新西兰印象不佳，为了牡丹，还是有点好感。

闲时到九龙太子道后的花墟走一走，永远是那么快乐的经验。附近又有雀鸟市场，是香港旅游重点之一。作为香港人的你，去过吗？

“这么多店铺，看得我眼花缭乱，去哪一间最好？”一位师奶问我。

“那要看你是选怎么样的花。”我回答。

“你呢？”她反问。

“我爱牡丹。”我说，“花墟道四十八号的那家‘卉丰’，是我最常去的，他们很肯进货。客人不会欣赏，认为牡丹太贵，店有很多盛开的卖不掉，新的一批照样下订单，不是自己爱花，做不到。”

“还有哪几家你常去的？”师奶问。

“逛花墟的乐趣不只是花，有时买买陶器也有很多选择，像太子道西一百八十号的‘乐天派’就有很多虞公的作品，曾氏兄弟两人，哥哥的佛像愈做愈美，弟弟的人物造型愈来愈有趣。我很看好这两兄弟，现在收藏他们的作品还很便宜，很有价值。”

“还有什么和花不同的商店？”师奶问。

“卖各种草药的‘右记’也很有趣。”我说，“在太子道西二〇二号，门口摆一个人头般的根，叫石蝶。买个二两，加适量蜜枣用二十碗水煲六小时，剩十二碗左右，喝了可以排毒，治黑手甲、牛皮癣等病。”

“那些干的东西，浸在水又像一朵鲜花的是什么东西？”师奶问。

“叫还魂草。”我说，“煲糖水很好喝，又能治支气管炎。”

见他店什么植物都卖，看到一小钵一小钵的含羞草，才卖五块钱。住在高楼大厦的儿童没有看过，摸它一下，大叫：“真的会含羞缩起来！”

在不同的时间爱不一样的花

我很顽固地只爱牡丹。不过季节短，也罕见。其他时间，我很喜欢白兰，姜花一样。玫瑰是次次选。终年出现的玫瑰，等到其他花不见时，才会找它。

菊花则只供先人。

百合最讨厌，发出来的那股俗不可耐的味道，如闻腐尸。从来不觉百合美丽，不管它以什么形态或颜色出现。

到了夏天，我爱莲。牵牛花也不错，名字太怪，还是称之为“朝颜”好。

至于兰，太热带了，像天气一样单调地不变化也不凋谢。不凋谢的花没有病态，太健康了并非我所好也。

环保人士反对把花剪下来插入花瓶，我倒没有这种罪恶感，花不折也垂死，将它们生命中最灿烂的那一刻贡献给爱花人，有什么不好？

家中花瓶大大小小数十个，巨大方形玻璃的用来置向日葵，中的插牡丹或姜花，小的留给茉莉。

买姜花时，老太太常用刀把茎切一个“十”字，令吸水力更强。这做法很有道理，延得多长，全靠它。除了十字，有另外种种方法：一、削皮式，把茎部表皮切口，抓住，往上撕；二、干脆在水中折断，也简单了当；

三、斜切；四、用钻槌把茎底敲烂；五、燃烧法，用喷火器把茎底烧成炭——别以为这种方法太剧烈或太残忍，烧过切口的导管会更急地吸收水分，而且活性炭会隔掉水中的杂质。

用的水也有几种，我家过滤器的水不止用来自己喝，也分给花享用，两种水一比较，我知道它的功力。冬天用温水浸花也是办法，有时还可以加一点酒精。

植物切口处会流出树液、油脂等，令水污染，对付它，只有请花喝酒。

来，干一杯吧。

第五部分

人生就是吃吃喝喝

茶是应该轻轻松松之下请客或自用的。
你习惯了怎么泡，就怎么泡；怎么喝，就怎么喝。
管他三七二十一。纯朴自然，一个“真”字就跑出来了。
真情流露，就有禅味。有禅味，道即生。
喝茶，就是这么简单。简单，就是道。

炒饭的艺术

有身份不必自炊的人、对厨艺一点兴趣也没有的人，请不必看下去。这篇东西读了无益。

通常自己弄几味菜，要是不会炒炒饭的话，真应该打屁股。炒饭，是烹调之中最基本的一道菜，但是要炒一碟能称得上好吃的，最难。什么叫作好吃和不好吃呢？看一眼即知。先把蛋煎熟了，再混入饭中的，已经不及格，因为把这两种东西一分开，就不够香了。

炒饭的最高境界在于炒得蛋包住米粒，呈金黄，才能叫得上是炒饭。要达到这个效果，先得下油，待热得冒烟，倒入隔夜饭，炒至米粒在镬中跳跃，才打蛋进去。蛋不能事先发好，要整个下，再以镬铲搞之，就能达到蛋包饭的效果，给蛋白包住的呈银，蛋黄呈金。两者混杂，煞是好看。

为什么要用隔夜饭？米粒冷却之后才能分开，刚炊熟的黐成一团，不容易粒粒都照顾得到。至于用什么米来炊呢？蓬莱米和日本米虽然肥肥胖胖，但黏性极强，不是上选，普通米最佳，泰国香米是我最喜欢用的材料。

配料应该是雪柜里有什么就用什么了，不必苛求。爆香小红葱，广东人叫干葱的，已很不错，用洋葱来代替也行，不过要切粒，爆至微焦才甜。基本上所有的配料都应切粒，只能大过米粒两三倍，才不喧宾夺主。加上一条切粒腊肠，炒饭即起变化，腊肠是炒饭的最佳拍档。

有点虾更好，冷冻的固佳，但新鲜游水虾白灼之后，切粒炒之是正途。绝对不能用养殖的，养虾已不是虾，是发泡胶。金华火腿切粒也是好配料，但先得蒸熟。随便一点，用西洋培根代替，爆脆后放在一边待用，没有这两种，也可用叉烧粒入饭。

日本人中华料理炒饭，喜欢加荷兰豆，一粒粒圆圆绿绿的，扮相好，但味道差。蔬菜之中和炒饭配搭得最好的是芥蓝，将芥蓝干切片，叶子切丝炒之。夏日季节中，用芥蓝好了，芥蓝任何时候吃都美味，蔬菜不甜的带点苦，更似人生。

豪华奢侈起来，可用螃蟹肉来代替鲜虾，蒸好螃蟹拆肉备用。蒸时在水中下点醋，熟了也不会酸，但拆肉就容易得多。当然，以大闸蟹的膏来炒，美妙得很。再追求下去，用云丹（海胆）来炒，更上一层楼。吃铁板烧的时候，最后大师傅一定来碟炒饭，这时捧来一盒海胆，嗖的一声铺在饭上，兜几下，即成。

调味方面，材料丰富的话撒点盐就是。但是单单的一味小红葱炒饭，就要借助鱼露了，鱼露带腥，可避寡，能有起死回生的作用。喜欢蚝油和大量味精的师傅，最要不得。如果要用蚝油，就宁愿取虾膏了。虾膏分两种，干的一块块的和湿的瓶装，前者切成薄片后先用油爆，再以镬铲压碎，混入饭中，后者舀一两茶匙在炒饭上。虾膏永远惹味，可用它取巧。上桌之前撒不撒胡椒？就要看你好不好此物，我下胡椒是在把蛋包在米粒的阶段中。

炒饭不能死守一法，太单调，便失去乐趣。我虽然很反对所谓的混合料理（Fusion Food），但是求变化时，在炒饭的上碟阶段加入伊朗鱼子酱，也是一招。法国鹅肝酱则不好用，它太湿了，要煎过之后用镬铲切粒才行。而且得选最好的，不然吃起来总有一股异味，从此对鹅肝酱印象极差，以为都是难吃，那么人生又要少了一种味觉了。

以龙虾肉来代替鲜虾也是一种想法，不能采用澳大利亚龙虾或波士顿的。南中国海的龙虾，肉质才不粗糙。

香菇浸水后切粒炒饭也是好吃，但如果把菌类派上用场，那么也有法国黑松露菌和意大利白菌的选择。粤人有一道姜蓉炒饭的。一般是把姜切成碎粒，油爆之。这种方法怎么爆也爆不出姜香来，姜蓉炒饭的秘诀在于把姜磨碎之后，包布挤出汁来，而姜汁弃之，只采姜渣，混入米饭中炒，才够香味。

昨日在菜市场看到新鲜的荷叶，要回来烧一姜蓉炒饭，置于荷叶之上。又逢黄油蟹当造，买了一只，用洗牙齿的Water Pik喷水器把螃蟹腿上的腋下处喷个干净，再以清水喂一天，冲净肠胃，把螃蟹摆在姜蓉炒饭上，荷叶包裹，蒸三十分钟，取出，剪开，香气迫人来。

高贵的材料都属险招，偶尔用之以补厨艺的不精是可以接受的。一吃多了就腻，反效果的。返回炒饭的精神：是种最简单的充饥烹调。

但是千万要记住的是用猪油来炒，什么粟米油、花生油、橄榄油，都不能烧出一碟好炒饭。爆完猪油后的猪油渣，已是炒饭的最佳配料。什么？用猪油？不怕胆固醇吗？小朋友问。任何东西偶一食之，总可放心。而且，大家都知道胆固醇有好的和坏的。别人吃的，都是坏的；我们吃的，都是好的。

以毕生经验研究零食

一生人最爱零食，家里总有一大堆，随时吃得到，是种幸福。

圣诞节时友人送来的礼物，装进一个篮子里面，用这个篮子来装零食最好不过，提到哪里吃到哪里。

当今里面有松子、冬阴功味的腰果、腌仁面、甜酸梅、加应子、九制陈皮等，装进精美的玻璃瓶中，再放入篮子。

瓶子可以用上一生一世，非讲究不可。用塑料制品，看得眼冤，再好吃的东西都要打折扣，何必省这种小钱？

另外从澳门买到的杏仁饼，都放在怀旧铁盒里面。

有大一点的玻璃瓶，带有树胶圈套，用铁钳扣紧的那种，不透风，才可以装自己炸的虾片。这种零食不宜多吃，否则喉肿声沙，自找麻烦。

用水果炮制的零食，台湾人称之为“蜜饯”，宜兰县产的最佳。广东人则叫作“咸湿货”，都与色情无关。余好色，故喜欢这个名称。

咸湿货中最标青的是柠檬干，做得好坏有天渊之别。最好的是中环永吉街车仔档的“柠檬王”，用一个棕色的纸袋装着，外层再包玻璃纸，由唐伯始创。

这家店的产品一出色，就有人抄袭模仿，纷纷推出柠檬王冒牌货，前几天还在九龙城看到一辆面包车，两旁写着真正柠檬王的字句，到处招徕。澳门的手信店中也有大量的柠檬王，包装和永吉街的一模一样，顾客都上当了。

好吃的做得很干身，用手拿也不会黐黏黏，而且软硬适中，味道奇佳，颜色还很鲜润。坏的黑漆漆，下大量糖精，吃得口渴不止。正牌柠檬王除了永吉街，其他都是假的。

以毕生经验，研究零食，不要脸地封自己为零食王，所言不妨听之。

把食物做熟的最好方法就是白灼

把生的食物变成煮的，最好的方法莫过于白灼了。

原汁原味，灼完的汤又可口，何乐不为？

但是过生血淋淋，猪内脏之一类，不能吃半生熟；过熟的话，肉质变老了，像嚼发泡胶，暴殄天物。

要灼得刚好，实在要多年的下厨经验才能做到。

有一个简单的方法可以试试，那就是锅子要大，滚了一锅水，下点油盐，把肉切成薄片后扔进去。水被冷的肉类冲激，就不滚了。这时，用个铁网以勺子把肉捞起，等待水再次滚了，又把肉扔进去，即刻熄火。余热会把肉弄得刚刚够熟，是完美的白灼。

有很多地道的小吃都是以白灼为主，像福建的街边档，一格格的格子中摆着已经准备好的猪肝、猪心、猪腩煲等。客人要一碗面的话，在另一个炉中煮熟，再将上述食料灼一灼，半生熟状铺在面上，最后淋上最滚最热的汤，即成，这碗猪杂面，天下美味。

香港的云吞面档有时也卖白灼牛肉，但可惜牛肉都经过苏打粉腌泡，灼出来的东西虽然软熟，但也没什么牛肉味可言。

怀念的是避风塘当年的白灼粉肠。粉肠是猪杂中最难处理的，要将它灼得刚刚好只有艇上的小贩才做得到。灼后淋上熟油和生抽，那种美味自从避风塘消失后就没尝过。

其实任何食物都可以用白灼来做，总比炸的和烤的简单，如果时间无法控制的话，选猪颈肉好了，它过老了也不会硬的。

一般人都以为蚝油和白灼是最佳拍档，但我认为蚝油最破坏白灼的精神，把食物千篇一律化。要加蚝油的话，不如舀一汤匙凝固后的猪油，看着那团白色的东西在灼熟的菜肉上慢慢融化。此时香味扑鼻，连吞白饭三大碗，面不改色。

烤鱿鱼最适合下酒

用什么来下酒？这是一门大学问。花生米最普遍，但是我认为这是最单调和最没有想象力的下酒菜。叫我吃花生，我宁愿“白干”。

当然，我反对的只是吃现成的花生。偶尔在菜市场看到整棵的新鲜落花生，买个一二斤，用盐、糖、五香和大蒜煮熟，剥壳吃个不停，就另当别论。

自制红烧牛肉，当然是上等的下酒菜，但嫌太花时间。要是有那么多余暇来准备，那花样可真不少，炸小黄花鱼、芋头蒸鹅、酱鸭舌头，举之不尽。花钱花功夫的下酒菜，总觉不够亲切。

在庙街档口喝酒的外国水手，掌上点一点盐，也能下酒，其乐融融。家父友人黄先生，没钱的时候用一把冬菜，泡了开水，干上两杯，比山珍海味更要好。

岳华和我两人，在日本千叶的小旅馆，半夜找东西下酒。无处觅寻，只剩一条咸萝卜干，要切开又没有刀子，唯有用啤酒瓶盖锯开来吃，亦为毕生难忘的事。

三五知己见面，有时碰到比相约更快乐。拿出酒来，有什么吃什么，开心至极。家里总泡了一罐鱼露芥菜胆，以此下酒，绝佳。

至于现成的东西，我喜欢南货店里卖的咸鸭肾。切成薄片，一点也不硬，又脆又香。要不然就是日本的瓶装海胆掺鱼子或海蜇、意大利生火腿和蜜瓜、泰国的指天椒虾酱，最方便的有宁波的黄泥螺，都比薯仔片等高明得多。

最近从两位舅舅处学到的下酒菜，我认为是最完美的，各位不妨一试：天冷时，倒一小杯茅台，点上火，拿一尾鱿鱼，撕成细丝，在火上烤个略焦，慢慢嚼出香味，任何酒都适合。

把一个小火炉放在桌上，上面架一片洗得干干净净的破屋瓦，买一斤蚶子，用牙刷擦得雪亮，再浸两三个小时盐水让它们将老泥吐出。最后悠然摆上，微火中烤熟。啵的一声，壳子打开，里面鲜肉肥甜，吃下，再来一口老酒，你我畅谈至天明。

食遍天下的人才知道香港人最会吃鱼

台湾美食家朱振藩来到流浮山，大吃各种海鲜，回去后写了一篇《香江品鲜记》，读完才知道很多种类的鱼，台湾皆产，名称不同而已。

像我们的老鼠斑，一名“鱼”，亦称“锐首拟石斑”。既然叫拟，当然不是真正的石斑，与坊间常吃的青斑、红斑和星斑的长相也不同。老鼠斑之头，细巧而略呈尖状，望之与老鼠相似，故称之。当今市面上看到的都是由菲律宾运来，样子像，种不同，如嚼蜡。

据朱振藩说台湾的澎湖也盛产和香港同种的老鼠斑，因其鲽鱼身、老鼠嘴，且以马公观音亭海湾产量最多，俗呼“观音鲙”。

早年香港人一到马公，走进海鲜店即叫老鼠斑，有一尾吃一尾，所以马公人叫香港客为“举世第一刁嘴”。吃的老鼠斑一律清蒸，而且讲究火候，从水滚到蒸熟，严格限令八分钟，多少都不行，有些食客还担心好鱼被糟蹋，特地走进厨房盯着呢。

食遍天下的人，也知道是香港人最会吃鱼的，当然香港人大部分是广东人，普通老百姓的钱又没香港人赚得那么多，不那么舍得吃，所以香港敢称第二，就没人叫第一了。

台湾人吃鱼，远不如香港人，他们看到蒸鱼的骨头黐肉，就大叫不熟要蒸过，那才是暴殄天物。有时，看他们吃鱼，同一个铁锅，下面生火，一面煮一面吃，不老才怪。朱振藩会吃，说老鼠斑的肉质及清雅之香味，真无愧于“斑中之星”的号称，他做的学问多，写起文章来引经据典，对味觉的形容，辞藻优美，实在令人敬佩。

我用的文字浅薄，只有好吃或不好吃之分，比起朱振藩，是小学生一个，惭愧得很。最厉害的应该是倪匡兄，他写起文章来要繁就繁，要简就简，像一个魔术师，把文字玩于掌中。食物的形容当然到家，但写得不多，只从他的口中听到吃老鼠斑的感觉：“吃进口，闻到一阵香味，像兰花，而且不是洋兰，是中国兰。”

喝酒要有豪气，但不要有脾气

当人生进入另一个阶段，已不能像年轻时喝得那么凶，汽酒，似乎是一个很好的选择。香槟固佳，但就算最好的Krug或Dom Perignon，那种酸性也不是人人接受得了。当今我吃西餐时，爱喝一种专家认为不入流的汽酒，那就是意大利阿士提（Asti）地区的玛丝嘉桃（Moscato）了。

Moscato是一种极甜的白葡萄，酿出来的酒精成分虽不高，通常在五六度左右，但是充满花香，带着微甜，百喝不厌。年份佳的香槟愈藏愈有价值，但玛丝嘉桃是喝新鲜的，若不在停止发酵时加酒精，最多也只能保存五年，所以专家们歧视，价钱也卖不高。通常当为饭后酒喝，我却是一餐西餐，从头喝到尾。第一，我不欣赏红白餐酒的酸性，除非是陈年佳酿，喝不下去，一见什么加州餐酒，即逃之夭夭。啤酒喝了频上洗手间，烈酒则只能浅尝，玛丝嘉桃可以一直陪着我，喝上一瓶也只是微醺，是个良伴。女士们一喝上瘾，但也不可轻视，还是会醉人，我通常会事先警告她们。

近来和查先生吃饭，老人家也爱上了这种酒，虽有汽，但不会像香槟那么多，喝了也不会打嗝。已经有不少人开始欣赏，在大众化的酒庄也能找到。牌子很杂，可以一一比较后选你中意的。为了这种伴侣，我专程到皮埃蒙特（Piedmont）的阿士提区去寻找，叫Vigneto Gallina的最好，商标上画着一只犀牛。各位有兴趣，不妨一试。

另一瓶甜甜的，喝多了醉人的酒，就是中国的“桂花陈酒”了。什么？才卖几十块港币一瓶？很多朋友都不相信那么便宜，觉得那么美味的酒，不可能只是这个价钱。我上“鹿鸣春”吃饭，最喜欢叫。钱是另一个问题，主要是和鲁菜配合得极佳。夏天到了，加些冰块，再贵的洋酒也比不上，莫谈那数万元一瓶的陈年茅台了。

最初接触，是十一二岁的事，小孩子也喝不醉，妈妈没有阻止过我多添几杯，喝至那种微飘飘的感觉，记忆犹新。

这酒已有两千多年的酿造历史，从前老百姓是喝不到的，因为只有深宫禁苑中才有。新中国成立后把秘方拿出来，交给北京葡萄酒厂，用含糖度十八度以上的白葡萄为原料，配以江苏省苏州市吴县的桂花，同时加被乾隆皇帝称为“天下第一泉”的玉泉山水酿制。

当今大量生产，有没有那么严谨不知道，但色泽金黄，晶莹明澈，香气扑鼻，在海内外的酒会中都得过不少的奖。

好酒并不一定是贵的，在北京喝的二锅头，便宜得没有人去做，也是吃京菜时必备的。意大利的玛丝嘉桃一瓶才二百港币左右，不逊万元的名牌香槟。

饮者方知，酒除了味道，还需要一份豪气，一喝千斗，才算过瘾。起初浅尝，遇到知己，便来牛饮。几万到数十万一瓶的名牌酒，能那么喝的话，我也接受。不然，快点站到一边去。

怎么吃寿司才像经常吃寿司的样子

国内的日本料理开得那么多，但是有些吃日本菜的基本还没学会。网友们经常有些问题，奉覆如次：

问：“寿司到底要不要和酒一块儿享受？”

答：“世界上的任何一种美食，有了酒，才算完美，寿司店也不例外。但是寿司是江户时代的一种快餐演变出来的，寿司店不是又喝酒又聊天的地方。如果这是你的要求，请光顾居酒屋。”

问：“那么面店呢？”

答：“啊，你说得对，中华拉面除外，日本面店是专给食客喝酒的，所以摆了好酒。近年来寿司店也进步了，开始注重清酒的质量。”

问：“吃寿司，是否一定要坐柜台才好？”

答：“坐柜台和师傅交谈，是吃寿司的另一种享受，很多高级寿司店是不设桌椅的。”

问：“那不是座位很有限吗？”

答：“所以更不应该又聊天又喝酒，屁股拉得太长的话阻止人家做生意，吃寿司的礼仪应该吃完就走，别把座位占太久。店里没有客人的话，又另当别论，可以和师傅一直聊下去。”

问:“那么不懂得讲日本话，不是很吃亏?”

答:“当今经济不好，生意难做。遇到外国客人，很多寿司师傅都会指手画脚地讲些英语。”

问:“为什么高级寿司店都没有玻璃橱窗，看不到鱼?”

答:“玻璃器皿只是冷冰冰罢了，鱼虾最好放到一个桧木的箱里，再放进雪柜。虽然没有明文规定，但通常第一个木箱摆金枪鱼和鲣鱼。第二个箱参和鰯，还有虾，虾是看见有客人走进店里才煮的。”

问:“生客不一定吃虾呀。”

答:“是的，不叫的话，留着给套餐用。虾一定是吃不热不冷的；温温的上桌，才是最佳状态，最好的寿司店会做到这一点。”

问:“第三个箱呢?”

答:“摆鱿鱼、缟鲹、比目鱼等，还有海胆。第四个箱摆贝类：赤贝、乌贝、贝柱和鲑鱼卵。”

问:“为什么鱼和贝要分开摆?”

答:“客人有很多要求师傅拿给他们吃，不自己叫。师傅先拿出一块鱼和一块贝，观察他们举手先拿那一块，喜欢吃贝类的，再下去就多拿几块给他们吃。”

问:“我们已经知道吃寿司，分捏着饭的‘握NIGIRI’，和只是吃鱼虾送酒的刺身，叫‘撮TSUMAMI’。两种吃法有什么共同点?”

答:“共同点就是师傅一拿出来，客人最好在三秒钟里面把它吃光。鱼和饭的温度应该和人体温度一样，过热和过冷都不合格。”

问：“酱油要怎么蘸？”

答：“握寿司的话，手抓起来，打斜着蘸，饭和鱼都各蘸一点点。用紫菜包着海胆，术语叫‘军舰’的，蘸底部就是。有些小鱼小贝，像白饭鱼，铺在饭团上，用紫菜围住的，很容易散开，就要把酱油瓶提起，淋在鱼上面了。”

问：“有些寿司师傅用刷子蘸了酱油后擦在鱼上面，那算正不正规？”

答：“那是旧时的吃法，在大阪还很流行。是不是被酱油涂过的很容易分辨得出，看鱼片有没有光泽就知道。”

问：“有人说：吃鱼要先从淡味的鱼，像比目鱼等，渐渐地再转浓味的，像TORO等，有没有根据？”

答：“渐入佳境也行，先浓后淡，像人生一样，也行。总之你要怎么吃是你的选择，别听别人的意见，别受所谓专家的影响。”

问：“第一次光顾出名的高级寿司店，要怎么样才好？”

答：“走进去就行了，日本没有什么预约的传统，除非店里指明一定要预约。不过，第一次去有预约也好，让寿司店有个迎接外国客人的心理准备，请你入住的酒店服务部替你订位好了。可以预先指定要坐柜台的。”

问：“不知价钱，怎做预算？”

答：“寿司分三个叫法：一、OMAKASE，那是交给师傅去做；二、OKONOMI，那是客人自己点；三、OKIMARI是定食，通常分松、竹、梅等级数。请酒店服务部替你问明套餐价钱，自己想吃多少付多少，就有个预算了。”

问：“要怎样才能成为熟客？”

答："当然要去得多呀。第一次去，和那一个师傅有了沟通，就向他要张名片，下次叫酒店订座时指定要他服务好了。"

问："听说有些店是不欢迎外国客人的。"

答："从前生意好，挤都挤不进去，那倒是真的。当今这种经济，公账开得少了，自己够钱来付的客人不多，店里高兴还来不及，哪有不欢迎外国客的道理？"

喝酒须尽兴，但别要命

“从前再多三瓶白兰地，也醉不了我！”有人说。

这种想当年的事，最好不开口，讲出来就给人家笑，你当年我没看过，怎么知道？“来来来，干一杯！”

遇到有人劝酒，高兴就喝，不高兴就别喝，管他娘。

“内地人才不吃这一套，千万别让他们知道你能喝，不然一定灌到你醉为止。假装不会喝最好，说自己有病也行。”友人说。

假的事做来干什么？能喝多少是多少。不能再喝了，对方也不至于那么野蛮来迫你。

“你不了解的，和他们做生意一定要喝醉，我上一次和他们干了五瓶五粮液，才接了三百万订单回来。”友人又说。

喝坏了身体，净赚三百万又如何？

闹酒的心理，完全来自好胜，认输不是那么难接受。第一次认输，第二次面皮就厚了。

喝酒的人，从来不必自夸酒量好。

而什么叫喝酒的人呢？

那就是每喝一口，都感觉酒的美妙。喝到没有味道还追着喝，就不是喝酒的人，是被酒喝的人。

大醉和微醺是不同的，前者天旋地转，连黄胆汁都呕吐出来，比死还要难过；后者心情愉快，身体舒服到极点。

大叫我没醉、我没醉的人，一定是醉了，不让他们喝，先跪地乞酒，接着恐吓你没朋友做，这种人，已经酒精中毒。

我一位叫周比利的朋友，就是这种被酒喝的人。他长得高大，又相当英俊，年轻时当国泰的空中少爷，后来做到主管。

早前听到他逝世的消息，心中难过，现在想起，写这篇东西。

愿你我，都做喝酒的人。

关于清酒的二三事

日本清酒，罗马字作SAKE，欧美人不会发音，念为“沙基”，其实那KE读成闽南语的“鸡”，汉语就没有相当的字眼，只有学会日本五十音，才念得出SAKE来。酿法并没想象中那么复杂，大抵上和做中国米酒一样，先磨米、洗净、浸水、沥干、蒸熟后加曲饼和水，发酵，过滤后便成清酒。

日本古法是用很大的锅煮饭，又以人一般高的木桶装之，酿酒者要站上楼梯，以木棍搅匀酒饼才能发酵，几十个人一块酿制，看起来工程似乎十分浩大。当今的都以钢桶代替了木桶，一切机械化，用的工人也少，到新派酒厂去参观，已没什么看头。除了大量制造的名牌像“泽之鹤”“菊正宗”等，一般的日本酿造厂，规模都很小，有的简直是家庭工业，每个省有数十家，所以搞出那么多不同牌子的清酒来，连专家也看得头晕了。数十年前，当我们是学生时，喝的清酒只分特级、一级和二级，价钱十分便宜，所以绝对不会去买那种小瓶的，一买就是一大瓶，日本人叫作“一升瓶ISHOBIN”，有一点四公升。经济起飞后，日本人见法国红酒卖得那么贵，看得眼红，有如心头大恨，就做起“吟酿”酒来。

什么叫吟酿？不过是把一粒的米磨完又磨，磨得剩下一颗心，才拿去煮熟、发酵和酿制出来的酒。有些日本人认为米的表皮有杂质，磨得愈多杂质愈少，因为米的外层含的蛋白质和维生素会影响酒的味道。日本人叫磨掉米的比率为“精米度”，精米度为六十的，等于磨掉了四十巴仙的米，而清酒的级数，取决于精米度：本酿造只磨得三成，纯米酒也只磨得三成，而特别本酿造、特别纯米酒和吟酿，就要磨掉四成。到最高级的大吟酿，就磨掉一半，所以要卖出天价来。这么一磨，什么米味都没了，日本人说会像红酒一样，喝出果子味来。真是见他的大头鬼，喝米酒就要有米味，果子味是洋人的东西，日本清酒的精神完全变了质。还是怀念我从前喝的，像广岛做的"醉心"，的确能醉入心，非常美味，就算他们出的二级酒，也比大吟酿好喝得多。别小看二级酒，日本的酒税是根据级数抽的，很有自信心的酒藏，就算做了特级，也自己申报给政府说是二级，把酒钱降低，让酒徒们喝得高兴。

让人看得眼花缭乱的牌子，哪一只最好呢？日本酒没有法国的LATOUR或ROMANEE－CONTI等贵酒，只有靠大吟酿来卖钱，而且一般的大吟酿，并不好喝。问日本清酒专家，也得不出一个答案，像担担面一样，各家有各家做法，清酒也是。哪种酒最好，全凭口味，自己家乡酿，喝惯了，就说最好，我们喝来，不过如此。略为公正的评法，是米的质量愈高，酿的酒愈佳。产米著名的是新潟县，他们的酒当然不错，新潟简称为'越'，有"越之寒梅""越乃光"等，都喝得过，另有"八海山"和"三千樱"，亦佳。但是新潟酿的酒，味淡，不如邻县山形那么醇厚和味重。我对山形县情有独钟，曾多次介绍并带团游玩，当今那部《礼仪师之奏鸣曲》大卖，电影的背景就是山形县，观光客更多了。去了山形县，别忘记喝他们的"十四代"。问其他人最好的清酒，总没有一个明确的答案，以我知道的日本清酒二三事，我认为"十四代"是最好的。

在一般的山形县餐厅也买不到，它被誉为"幻之酒"，难觅。只有在高级食府，日人叫作"料亭"，从前有艺妓招呼客人的地方才能找到，或者出名的面店（日本人到面店主要是喝酒，志不在面），像山形的观光胜地庄内米仓中的面店亦有得出售，但要买到一整瓶也不易，只有一杯杯，三分之一水杯的分量，叫作"一下ONE SHOT"，一下就要卖到两千至三千円，港币两百多了。听说比“十四代”更好的，叫“出羽樱”，更是难得，要我下次去山形，再比较一下。我认为最好的，都是比较出来的结果，好喝到哪里去，不易以文字形容。清酒多数以瓷瓶装之，日人称之为“德利TOKURI”。叫时侍者也许会问：一合？二合？一合有一百八十毫升，四合一共七百二十毫升，是一瓶酒的四分之一，故日本的瓶装比一般洋酒的七百五十毫升少了一点。现在的德利并不美，古董的漂亮之极，黑泽明的电影就有详尽的历史考证，拍的武侠片雅俗共赏，能细嚼之，趣味无穷。

另外，清酒分甘口和辛口，前者较甜，后者涩。日本人有句老话，说时机不好，像当今的金融海啸时，要喝甘口酒，当年经济起飞，大家都喝辛口。和清酒相反的，叫浊酒，两者的味道是一样的，只是浊酒在过滤时留下多少渣滓，色就混了。清酒的酒精含量，最多是十八度，但并非有十八个巴仙是酒精，两度为一个巴仙酒精，有九巴仙，已易醉人。至于清酒烫热了，更容易醉，这是胡说八道，喝多了就醉，喝少了不醉，道理就是那么简单。原则上是冬天烫热，日人叫作“ATSUKAN”；夏日喝冻，称之“REISHYU”或“HIYAZAKE”。最好的清酒，应该在室温中喝。NURUKAN是温温的酒，不烫也不冷的酒，请记得这个NURUKAN，很管用，向侍者那么一叫，连寿司师傅也甘拜下风，知道你是懂得喝日本清酒之人，对你肃然起敬了。

简单，就是茶道

台湾人，发明出所谓的“中国茶道”来。最令人讨厌了。

茶壶、茶杯之外还来一个“闻杯”。把茶倒在里面，一定要强迫你来闻一闻。

你闻、我闻、阿猫阿狗闻。闻的时候禁不住喷几口气。那个闻杯有多少细菌、有多脏，你知道不知道?

现在，连内地也把这一套学去，到处看到茶馆中有少女表演。固定的手势还不算，口中念念有词，说来说去都是一泡什么、二泡什么、三泡什么的陈腔滥语。好好一个女子，变成俗不可耐的丫头。

台湾茶道哪儿来?台湾被日本殖民统治了五十年，日本人有些什么，台湾就想要有些什么；萝卜头有日本茶道，台湾就要有中国茶道。把不必要的动作硬加在一起，就是中国茶道了，笑掉大牙。

真正中国茶道，就是日本那一套。他们完全将陆羽的《茶经》搬了过去。我们嫌烦，将它简化，日本人还是保留罢了。现在我国台湾地区的人们又从那儿学回来。

唉，羞死人也。

如果要有茶道，也只止于潮州人的工夫茶。别以为有什么繁节，其实只是把茶的味道完全泡出来的基本功罢了。

一些喝茶喝得走火入魔的人，用一个钟计算茶叶应该泡多少分多少秒，这也都是违反了喝茶的精神。

什么是喝茶的精神?何谓茶道?答案很清楚，舒服就是。

茶是应该轻轻松松之下请客或自用的。你习惯了怎么泡，就怎么泡；怎么喝，就怎么喝。管他三七二十一。纯朴自然，一个“真”字就跑出来了。真情流露，就有禅味。有禅味，道即生。喝茶，就是这么简单。简单，就是道。

咸酸甜，日日是好日

小时候，一生病，妈妈就带我去一家叫“杏生堂”的中药局去看医生。

把把脉，伸出条舌头，这就能看出病来吗？我一直怀疑。煎出来的那碗浓药将会那么难喝，打个冷战，但又想起喝完药后的加应子、陈皮梅、杏脯，都是我爱吃的东西，这就是大人所说的先苦后甜吧。

病了最好是吃粥。我不喜欢白粥，却极喜欢下粥的咸酸甜。潮州人自古穷困，吃一点盐腌的食物便能连吞三碗白粥，后来连菜也叫成“咸”，吃饭的时候，父母总命令孩子：“别猛吞饭，多吃咸。”

所谓“咸酸甜”，便是专门送白粥的小吃。将各种材料腌成咸的、酸的、甜的，简称“咸酸甜”。

妈妈带着我，从杏生堂步行至新巴刹。“巴刹”，阿拉伯语的Bazaar音译过来，“市场”的意思。这个新巴刹的客人以潮州人为主，露天菜市中，有一档我们经常光顾的咸酸甜。

由一位中年妇女挑着的担子，扁担两头各有一个大铁盘，上面一堆一堆的小菜，咸酸菜是黄的，半截咸橄榄是紫的，酸胡萝卜是红的，色彩缤纷，未尝味道，已经口水直流。

代表性的当然是咸酸菜，老潮州人无此小菜不欢，像韩国人的金渍（Kimchi）泡菜一样。到今天，上潮州菜馆时，桌上一定先来一碟咸酸菜，好坏一试就知。此碟菜要是做得不好，那间餐馆就别去了。

咸酸菜是用芥菜头腌的，酿制后发酵，产生酸味，切成块状，最后撒上南姜粉。高手做出来的咸酸甜适中，味道错综复杂，一试便放不下筷子，吃到咸死、酸死、甜死为止。

“死”字，潮州话中已不是字面上的意思，表示“很”或“非常”，并非不吉祥之语。

咸死人的，莫过于一种叫“燎昭”的小贝，它的壳一边大一边小，但夹得紧紧的，永远剥不开。吃时只要用拇指和食指捏起，以拇指轻轻一推，便出现了又薄又细的肉，没有吃头，吞进口只觉一阵鱼腥，再来便是完全的死咸。

咸中带香的是小蟛蜞，铜板般大，用酱油泡制，打开壳，里面充满膏，仔细嚼噬，一阵阵香味，好吃无比，是只迷你大闸蟹。

近年已不见此种蟛蜞，大概河水污染，都死光了，只在泰国才看到。泰国菜中有一道叫“宋丹”的，把生木瓜丝舂碎来吃，舂的时候要下一只蟛蜞，味道才不单调。

上海人也爱吃蟛蜞，上海的咸菜之中，有许多和潮州人非常相似的。除了蟛蜞，还有他们的“黄泥螺”，潮州人也吃，叫“钱螺鸡”，这个“鸡”字，凡是海产腌制的都叫“鸡”，只是个声音，真正字我查不出是怎样写的。

细心食之，会发现上海黄泥螺比潮州的大，肉肥、壳较厚，这种指甲般大的螺，放在口中一吸，整块螺肉入嘴，剩下透明的壳。潮州的肉少，但较柔软，吃了没有渣，各有特色。我还是喜欢上海的，现在也可以在南货店中买到，装在一个果酱玻璃瓶内，但嫌它太咸不能多吃。最近发现上海老铺“邵万生”有此产品，包装得漂亮，螺肉大，不太咸，可以一连吃二三十粒，也不口渴，但一罐要卖六十多块港币。

潮州咸酸甜中，盐水橄榄不可不谈，它有整节拇指般大，外层黑漆漆，已被浸得软软的，一口咬下，肉是紫颜色，三两下子便吃得只剩下那颗大核。等大人吃完后，收集了五六粒，便放在地上拿铁锤来击之，碎得刚好的话，果仁完美地裂出，吃了有阵极特别香味，比花生核桃好吃数十倍。但是敲得不准，核断成两截，仁镶在核中，只好用牙签挖，一定不能完整地挖出来，只能吃到那么一点点，非常懊恼。

有时小贩也将黑橄榄的核剥出，留下两截肉，压得扁扁的拿来卖，称之为“榄角”，这又是另一种方法的炮制，加了糖，咸中带甜，从前买了就那么吃将起来。现在偶然在街市上看到，见苍蝇叮在榄肉上，已不太敢吃。最后还是买回来，用冷水冲一冲之后，铺在鱼面蒸，是道很美味的咸。

大芥菜切块后，用鱼露腌之，也是我最爱吃的，它的味道有点苦，也有点微辣，很吸引人。因为太过喜欢吃，后来自己学会炮制，改良又改良，现在家里做的芥菜泡菜，水准已远超小贩卖的了。

我家的泡菜，放大量的蒜头，加泰国指天椒，添少许的糖。鱼露的腥气令到蔬菜中有肉味，并非只是素菜那么简单，泡了数天，又有点酸味。

吃起来，甜酸苦辣，和人生一样，有哀愁，也有它的欢乐。

经过物质贫乏的日子，只靠泡菜下饭，人生坚强得多。现在超级市场中任何东西都有，人们只懂得享受，不能回头，我庆幸自己没有忘记简单、淳朴的过往，什么事都难我不倒。吃泡菜和白粥，照样能过活。

咸酸甜，日日是好日。

真正会吃的人，是不胖的

不知不觉，我成了所谓的“食家”。

说起来真惭愧，我只是一个好奇心极强的人，什么事都想知道多一点。做人嘛，有什么事做得多过吃的？刷牙洗脸一天也不过是两次，而吃，是三餐。问得多，就学得多了。

我不能说已经尝过天下美食，但一生奔波，到处走马看花，吃了一小部分，比不旅行的人多一点罢了。命好，在香港度过黄金期，是吃得最穷凶极恶的年代，两头干鲍不算是什么，连苏眉也当成杂鱼。

法国碧丽歌黑松菌鹅肝、伊朗鱼子酱、意大利白菌，凡是所谓天下最贵的食材，都尝了。

苏东坡说得最好，他的禅诗有“庐山烟雨浙江潮，未到千般恨不消。到得还来别无事，庐山烟雨浙江潮。”

“庐山烟雨浙江潮”只是象征着最美好的，诗的第一句和最后一句的七个字完全相同，当然是表现看过试过就不过是那么一回事。自古以来，也只有他一个人敢那么用，也用得最有意境了。

干鲍、鱼子酱、黑白菌和鹅肝又如何，还不是庐山烟雨浙江潮？

和我一起吃过饭的朋友都说：“蔡澜是不吃东西的！”

不是不吃，而是他们看到的时候吃得少。我的早餐最丰富，中饭简单，晚上只是喝酒，那是我拍电影时代养成的习惯，一早出外景，不吃得饱饱的就会半路晕倒！

没应酬在家进餐，愈来愈清淡。一碟豆芽炒豆卜，已经满足。最近还爱上蒸小银鱼，淋上酱油铺在白饭上吃，认为是绝品，其他菜一样都不要。

“你是食家，为什么不胖？”友人问。

一切浅尝，当然肥不了，但还是装腔作势，回答说：“真正会吃的人，是不胖的。”

各自喜欢各自的口味就好

自己做过饮食节目，也最喜欢看别人的。打开电视，一转就是旅行和吃东西的台。

最难看的，是遇到任何菜，试了一口，还没细嚼，就发出长长的“唔”一声，开口也不说好吃与否，来一声：“得意。”

明明是很普通的，吃完了总举起双指，做一个V字。

讨厌到极点。

看外国厨师做菜，用个小锅，一只叉，又牛油又橄榄油，煎一煎，下大量忌廉（淡奶油），又挤半个柠檬，再加叶子装饰，最后淋上酱汁作画，搞个半天，那碟菜上桌已是冷冰冰，有什么理由说得上好吃？

见中厨做菜，这里雕个渔翁钓鱼像，那里摆成一只凤凰，经过那么多层的手捏，看得我毛骨悚然。

材料方面，洋师傅用来用去，总是三文鱼。我已说过三文鱼已是饲养，全身着色，败坏了也不发臭，不知有多少虫子在爬，所以一看到也倒了胃口。

最近，他们学会吃日本鱼生，外国厨子也常以金枪鱼（Tuna）代替三文鱼，把肉斩碎，用一个铁圈子圈着，再插上罗勒菜，又是一道所谓的

Fusion菜，只有让年轻的主持人去做V字了。

也不明白洋人为什么对西红柿迷恋，什么菜都下西红柿，不止鲜西红柿，还要下西红柿酱，又是大量的忌廉，吃得津津有味。

薯仔也是一样的，烤的、蒸的、煮的、磨成粉的，尤其是炸的，真的是那么美味吗？简简单单的一道炒土豆丝，也比他们做得好吧？

看了那么多烹调节目之后，得出一个答案，生活习惯和水准的不同，不能一概而论。自己爱好的，别人并不一定喜欢。你做你的，我做我的，老死不相往来，就是了。

把简单的菜做得不平凡

澳门的红砖头街市，蔬菜和肉类都很齐全。

“这种鱼，小岛有没有？”我每买一种食材，都要那么问苏美璐。

你可以幻想得千变万化，但是如果当地买不到，也没有用呀，像要教苏美璐做个龙虾刺身，头尾煮芥菜汤，在她们那里不出产龙虾，当然也找不到芥菜，要怎么做？

“鱿鱼有吧？”

苏美璐点头。到肉档买了碎猪肉，做道鱿鱼塞肉。食材也不能太过异国风情，否则会把当地人吓坏，像《巴贝特之宴》（*Babette's Feast*）那部片中，巴黎大厨漂流到小岛，烧一餐盛宴，将海龟拿来熬汤，清教徒就看得傻了。

青口，小岛最多了。买了牛油和西洋芫荽，先将油放进大镬中爆香，下大量蒜头，加入芫荽碎，把洗干净的青口倒入下点盐，淋白酒。

盖上透明的玻璃锅盖，不断摇动，看到青口打开，表示已经熟了，就可以上桌。这道菜最容易做，也完全会被洋人接受，不可能失败。

我要教苏美璐的，一定是这一类的料理，简单、快捷，不靠味精等洋人吃不惯的调味品，任何助手都能马上学会，不必样样要她亲自动手，否则再忙也忙不过来。

但是太过平凡的菜，也不会被岛上居民觉得稀奇，来一道咖喱吧！咖喱用不辣的日本咖喱粉好了，先在锅中下油，爆香大量洋葱，放咖喱粉下去炒熟鸡肉、猪肉、牛羊。甚至海鲜也行，任何一种鱼都可以做咖喱。

把鱼或肉炒熟后，就可以倒牛奶进去煮了。小岛上当然找不到椰浆，用牛奶代替，一点问题也没有。下点盐，下点糖，这一道又甜又香的咖喱料理，谁都会喜欢。

没有汤怎行？买些鸡骨猪肉或牛骨来熬，最后下大量的椰菜，椰菜不会找不到吧？这种清甜的蔬菜汤，可以事先熬一大锅，等客人到齐，加热就能上桌。

看戏吃零食，乐趣无穷

当年，到戏院看电影，是生活的一部分，既然一定要进行，为什么不制造乐趣？其中之一，就是吃零食。

小时候的电影院外，必有一档印度人卖豆，叫Kachah Putee，小贩用张报纸卷成一个圆尖的小筒，抓一把豆装进去，五毛钱，一面看戏一面吃，乐趣无穷。

另有印度尼西亚小贩卖炸虾片，大块小块任君选择，有时还看到炸鱼饼，做成圆圆一粒粒，像鱼丸那么大，实在美味。问题是吃起来噼噼啪啪，喜喜沙沙，自己享受可好，别人吃就嫌太吵了。

后来到了日本，看戏时就见不到观众吃东西，日本人都太有礼貌，认为看戏就看戏，不应做其他事，吃东西尤其不雅。

在泰国生活时，小吃最多，玉蜀黍甜得不得了，拼命啃。有时来一包炸蟋蟀，味道有如烤鱿鱼那么香。加上小贩供应的冰奶茶，是装进塑料袋的，插了一支吸管就那么喝，大乐也。

到了台湾，鸭舌头是少不了的，愈吃愈有味道，有时连最紧张的画面，也因要看啃得干不干净而错过。那时候和新交的女友一齐去看戏，我大包小包地拿出来问说："要不要吃？"

对方摇头，我又拿出一瓶台湾做的绍兴酒，问："要不要喝？"

差点儿把女友都吓跑了。

不过小吃之多，总比不上香港，当年开场之前必到小贩档口，看到无数诱人的食物，还有酸姜皮蛋、盐焗鹌鹑蛋、咖喱鱼蛋等，应有尽有。

最喜欢的是猪肝了，卤汁带红，小贩用一把特制的小刀，面包块般大，头是尖的，猪肝相当的硬，要用力一刀刀切开，涂上黄芥末和红辣酱。最后从和尚袋中拿出一瓶小号白兰地喝，什么烂戏都变成佳作，哪有当今吃爆米花喝可乐那么闷呢？

一人食，也很好

出外工作，清早六点叫醒，七点早餐，八点出发，一直做到深夜才收工。有时候会早一点，七点钟就拍摄完毕，大伙一起到外边吃晚餐，我就独自回旅店房间了。

也不是不合群，只是一班人一吃，至少又得花上两三个钟头，年轻人不介意美国的快餐文化，我可免则免。

回到房间干什么？先烧一壶水。第一流的四季酒店，也没有滚水煲的设备。我已准备齐了，事先买一个小型的Tefal牌子，适宜欧洲电压和插座，一按钮，发出沙沙沙的声音，一下子把水煮沸，就可冲茶了。

出远门，箱子要大，皮箧要轻，不能买太过甸重的。日需品当然要带，但水壶不可缺少，我又带了一个三洋牌的旅行电炉，随时在房间内煮食。

因为白天拍摄的地点多是菜市场，我除了买节目中要用的食材，也选了一些新鲜的，打包自用。

刚刚生长出来的洋葱在香港罕见，像婴儿的皮肤，又滑又白，顶上葱茎是碧绿的，这种洋葱就那么生吃也不感到太辣，又爽脆又清甜，煲起汤来，更是一流。

向肉店买的火腿和香肠不易腐坏，放在冰箱里，煮起即食，酱来当配料，才不会味寡。

带在身边的还有一小瓶酱油和一小瓶鱼露，用这种我们熟悉的酱料来点早餐中的蛋，比撒白盐有文化得多。煮起食来更是当宝了，有时看到新鲜的蘑菇，洗个干净，水滚了就放进去，即刻熄火，让它焗熟，只要加几滴酱油，甜得不得了。

水又滚，又沏一杯浓浓的普洱茶，茶盅当然得自己携去，那么远水路，来一个民国初年的薄瓷盖碗，摩挲起来手感才好。

别人喝了浓茶睡不着，我们这种长期睡眠不足的人，照睡不误，像一个婴儿。

倪匡跋
以“真”为生命真谛，只求心中真喜欢

不拘一格降人才

要用文字素描一个人，当然要先写下他的名字：

蔡澜。

然后，当然是要表明他的身份。

对一般人来说，这很容易，大不了，十余个字，也就够了。可是对蔡澜，却很费功夫。而且还要用到标点符号之中的括号和省略号，括号内是与之相关，但又必须分开来说的身份，于是在蔡澜的名下，就有了这些：

作家，电影制片家（监制、导演、编剧、策划、影评人、电影史料家），美食家（食评家、食肆主人、食物饮料创造人），旅行家（创意旅行社主持、领队），书法家，画家，篆刻家，鉴赏家（一切艺术品民间艺术品推广人、民间艺术家发掘人），电视节目主持人，好朋友（很多人的好朋友）……还有许多，真的不能尽述。

这许多身份，都实实在在，绝非虚衔，每一个身份，都有大量事实支持，下文会择要述之。

在写下了那么多身份之后，不禁喟叹：人怎么可以有这样多方面的才能？若是先写下了那些身份，倒过来，要找一个人去配合那些身份，能找到谁？

认识的人不算少，奇才异能之士很多，但如能配得上这许多身份的，还是只有他：蔡澜！

蔡澜，一九四一年八月十八日生于新加坡（巧之极矣，执笔之日，就是八月十八日，蔡澜，生日快乐），这一年，这一天，天公抖擞，真是应了诗人所求，不拘一格，降下人才。

人才易得，这许多身份不只是名衔，还有内容，这也可以说不难，难得的是，他这人，有一种罕见的气质，或者说气度。那些身份，或许都可以通过努力获得，但气度是与生俱来的，是天生的，他的这种气质、气度，表现在他“好朋友”这身份上。

桃花潭水深千尺

好朋友不稀奇，谁都有好朋友，俗言道：曹操也有知心人。不过请留意，蔡澜的“好朋友”项下有括号：很多人的好朋友。

要成为“很多人的好朋友”，这就难了。与他相知逾四十年，从未在任何场合听任何人说过他坏话的，凭什么能做到这一点？

凭的，就是他天生的气质，真诚交友的侠气。真心，能交到好朋友，那是必然的事。

以真诚待人，人未必以真诚回报，诚然，蔡澜一生之中，吃所谓“朋友”的亏不少，他从来不提，人家也知道。更妙的是，给他亏吃的人士知道占了他的便宜，自知不是，对他衷心佩服。

许多朋友，他都不是刻意结交来的，却成为意气相投的好友，友情深厚的，岂止深千尺！他本身有这样的程度，所交的朋友，自然程度也不会相去太远。

这里所谓“程度”，并不是指才能、地位，而是指“意气”，意气相投，哪怕你是贩夫走卒，一样是朋友，意气不投；哪怕你是高官富商，一样不屑一顾，这是交友的最高原则。

这种原则也不必刻意，蔡澜最可爱的气质之一，就是不刻意地君子。有顺其自然的潇洒，有不着一字的风流，所以一遇上了可交之友，自然而然友情长久，合乎君子交游的原则，从古至今，凡有这样气质者，必不会将利害得失放在交友准则上，交友必广，必然人人称道。把蔡澜朋友多这一点，列为第一值得素描点，是由于这一点是性格天生使然，怎么都学不来——当然，正是由于看到他的许多创意，成为许多人模仿的目标，所以有感而发。

蔡澜的创意无穷，值得大书特书。

千金散尽还复来

蔡澜对花钱的态度，是若用钱能买到快乐，不惜代价去买；若用钱能买到舒适，不惜代价去买……这样的态度，自然“花钱如流水”，钱不会从天上掉下来，也自然要设法赚钱。

他绝对是一个文人，很有古风的文人。从他身上，可以清楚感到古人的影子，尤其像魏晋的文人，不拘小节，潇洒自在。可是他又很有经营事业的才能，更善于在生活的玩乐吃喝之中发现商机，成就一番事业，且为他人竞相模仿。

喜欢喝茶，特别是普洱，极浓，不知者以为他在喝墨水，他也笑说“肚里没墨水，所以喝墨水”，结果是出现了经他特别配方的“抱抱茶”，十余年风行不衰。

喜欢旅行，足迹遍天下，喜欢美食，遍尝各式美味，把两者结合，首创美食旅行团。在这之前，旅行团对于参加者在旅行期间的饮食并不重视，食物大都简陋。蔡澜的美食旅行一出，当然大受欢迎，又照例成为模仿对象。参加过蔡澜美食旅行团的团友，组成“蔡澜之友”，数以千计，有参加数十次以上者。这种开风气之先的创举，用一句成语——不胜枚举，各地冠以他名字的“美食坊”可以证明。

这些事业，再加上日日不辍的写作，当然有相当丰厚的收入，可是看他那种大手大脚的用钱方式，也不禁替他捏一把汗。当然，十分多余，数十年来，只见他愈花愈有。数年前，遭人欺骗，损失巨大（八位数字），吸一口气，不到三年，损失的就回来了，主宰金钱，不被金钱主宰，快意人生，不亦乐乎。

真正了解快乐且能创造快乐、享受快乐，当年有腰悬长剑、昂首阔步于长安道路的，如今有背着僧袋、悠然闲步在香港街头的，两者之间，或许大有共通之处？

众里寻他千百度

对人生目的的追寻，可以分为刻意和不刻意两种，众里寻他，也可以理解为对理想的追寻。

表面上的行为活动，是表面行为，内心对人生意义的探讨，对人生理想的追求，则属于内涵。

虽说有诸内而形诸外，但很多时候，不容易从外在行为窥视内心世界。尤其是一般俗眼，只看表面，不知内涵，就得不到真实的一面了。

看人如此，读文意更如此。

蔡澜的小品文，文字简洁明白，不造作，不矫情，心中怎么想，笔下就怎么写，若用一个字来形容，就是：真。

乍一看，蔡澜的小品文，写的是生活，他享受的美食，他欣赏的美景，他赞叹的艺术，他经历的事情，大千世界，尽在他的笔下呈现。

试想，他的小品散文，已出版的，超过了一百种，即便是擅写此类文体的明朝人，也没有一个人留下这许多作品的，放诸古今中外，肯定是一个纪录。

能有那样数量的创作，当然是源自他有极其丰富的生活经历。

读蔡澜的小品散文，若只能领略这一点，虽也足矣，但是忽略了文章的内涵，未免太可惜了。“谁解其中味”？唯有能解其中味的，才能真得蔡文之三昧。

他的文章之中，处处透露对人生的态度，其中的浅显哲理、明白禅机，都使读者能得顿悟，可以把本来很复杂的世情困扰简单化：噢，原来如此，不过如此。可以付诸一笑，自然快乐轻松，这就真是“蓦然回首”就有了的境界，这是蔡澜小品文的内涵，不要轻易放过了！

闲来无事不从容

工作能力，每人不同，有的能力高，有的能力低。能力高者，做起事来不吃力，不会气喘如牛，不会咬牙切齿，兵来将挡，水来土掩，旁观者看来，赏心悦目，连连赞叹。能力低者，当然全部相反。

若干年前，蔡澜忽然发愿，要学篆刻，闻言大吃一惊——篆刻学问极大，要投入全部精力，其时他正负电影监制重任，怎能学得成？当时，用很温和的方法，泼他的冷水："刻印，并不是拿起石头、刻刀来就可进行的，首先，要懂书法，阁下的书法程度，好像……哼哼……"

那言下之意，就是说：你连字都写不好，刻什么印！

他听了之后，立即回应："那我就先学写字。"

当时不置可否。

也没有看到他特别怎样，他却已坐言起行，拜名师，学写字。

大概只不过半年，或大半年左右，在那段时间内，仍如常交往，一点也没有啥特别之处。一日，到他办公室，看到他办公桌上，文房四宝俱全，俨然有笔架，挂着四五支大小毛笔，正想出言笑话他几句，又一眼看到了一叠墨宝，吃了一惊：这些字是谁写的？

蔡老兄笑嘻嘻地泡茶，并不回答，一派君子。

这当然是他写的，可是实在难以相信。

自此之后，也没有见他怎样呵冻搓手地苦练，不多久，书法成就卓然，而且还是浑然，毫不装腔作势。篆刻自然也水到渠成，精彩纷呈，只好感叹：有艺术天才，就是这样。他的这种从容成事的态度，在其他各方面，也无不如此。在各种的笑声之中，今天做成了这样，明天又做成了那样，看起来时间还大有空闲，欧阳先生曰：得其一，可以通其余。

信然！

最恨多才情太浅

蔡澜书法，极合“散怀抱，任情恣性”的书道，所以可观。其实，书道、人道，可以合论。蔡澜的本家蔡邕老先生在《笔论》中提出的书道，拿来做做人的道理，也无不可。

在对待女性的态度上，蔡澜绝对是大男人主义者。此言一出，蔡澜的所有女性朋友，可能会哗然：“怎么会，他对女性那么好，那么有情有义，是典型的最佳男性朋友，怎么会是大男人主义者？”

是的，他所有的女性朋友对他的赞语，都是对的，都是事实，也正因为如此，才说他是大男人主义者。

唯大男人主义者，才会真正对女性好，把女性视作受保护的弱小对象，放开怀抱，任情尽心地爱之惜之，呵之护之，尽男性之天职，这才是真正的大男人。

（小男人、贱男人对女性的种种劣行，与大男人相反，不想污了笔墨，所以不提了）

女性朋友对蔡澜的感觉，据所见，都极良好，不困于性别的差异，从广义的观点来看一个“情”字，那是另一种境界的情，是一种浅浅淡淡的情，若有若无的情，隐隐约约的情，丝丝缕缕的情……

若大喝一声问：究竟是什么啊？

对不起，具体还真的说不上来。只好说：不为目的，也没有目的，只是因了天性如此，觉得应该如此，就如此了。

说了等于没有说？当然不是，说了，听的人一时不明，不要紧，随着阅历增长，总会有明白的一天，就算终究不明，又打什么紧？

好像扯远了，其实，是想用拙笔尽可能写出蔡澜对女性的情怀而已。不过看来好像并不成功。

回首亭中人，平林淡如画

试想看云林先生的画：天高云淡，飞瀑流泉，枯树危石，如斗茅亭，有君子兮，负手远望，发思古之幽情，念天地之悠悠，时而仰天大笑，笑天下可笑之事，时而低头沉思，思人间宜思之情，虽茕茕孑立，我行我素，然相交通天下，知己数不尽。

若问君子是谁，答曰：蔡澜先生也。

回顾和他相知逾四十年，自他处学到的极多。“凡事都要试，不试，绝无成功可能；试了，成功和失败，一半一半机会。”这是他一再强调的。只怪生性不合，没学会。

“既上了船，就做船上的事吧。”有一次跟人上了“贼船”，我极不耐烦，大肆唠叨时他教的，学会了，知道了“不开心不能改变不开心的事，不如开心”的道理，所以一直开开心心，受益匪浅。

他以“真”为生命真谛，行文如此，做人如此。所以他看世人，不论青眼白眼，都出自真，都不计较利害得失，只求心中真喜欢。

世人看他，不论青眼白眼，他也浑不计较，只是我行我素：“岂能尽如他意，但求无愧我心。”

这样的做人态度，这样的人，赢得了社会上各色人等对他的尊重敬佩，是必然的结果。有一次，我在前，他在后，走进人丛，只见人群纷纷扬手笑脸招呼，一时之间以为自己大受欢迎，飘飘然焉，及至发现众人目光焦点有异，才知道是和身后人在打招呼，当场大乐：这是典型的“狐假虎威”。哈哈。

即使只是素描，也描之不尽，这里可以写一笔，那里可以补两笔，怎么也难齐全。这样的一个人，哼哼，来自哪一个星球？在地球上多久了？看来，是从魏晋开始的吧？

图书在版编目（CIP）数据

不如任性过生活 ：经典版 / 蔡澜著．— 北京 ：北京时代华文书局，2020.5(2025.7 重印)
ISBN 978-7-5699-3613-1

Ⅰ．①不… Ⅱ．①蔡… Ⅲ．①散文集—中国—当代 Ⅳ．① I267

中国版本图书馆 CIP 数据核字（2020）第 050917 号

不如任性过生活 ：经典版

BURU RENXING GUO SHENGHUO INGDIAN BAN

著　　者 | 蔡　澜

出 版 人 | 陈　涛
选题策划 | 陈丽杰
责任编辑 | 陈丽杰
执行编辑 | 冯雪雪
责任校对 | 张彦翔
封面设计 | 熊琼·云中　程　慧
版式设计 | 段文辉
内文插图 | 苏美璐
责任印制 | 訾　敬

出版发行 | 北京时代华文书局 http://www.bjsdsj.com.cn
北京市东城区安定门外大街 138 号皇城国际大厦 A 座 8 楼
邮编：100011　电话：010-64267120　64267397

印　　刷 | 三河市嘉科万达彩色印刷有限公司　0316-3156777
（如发现印装质量问题，请与印刷厂联系调换）

开　　本 | 787mm×1092mm　1/16　印　　张 | 17.5　字　　数 | 206 千字
版　　次 | 2020 年 10 月第 1 版　印　　次 | 2025 年 7 月第 12 次印刷
书　　号 | ISBN 978-7-5699-3613-1
定　　价 | 56.00 元